2

3

ARNO SURMINSKI *Wolfsland*

Arno Surminski

Wolfsland

oder

Geschichten aus dem alten Ostpreußen

LANGENMÜLLER

MIX
Papier aus verantwortungsvollen Quellen
FSC® C083411

4. Auflage 2022

Umschlaggestaltung: Wolfgang Heinzel
Umschlagmotiv: akg-images, Berlin
Satz: Buchwerkstatt, Bad Aibling
Lektorat: Tanja Frei, München
Druck und Binden: CPI books GmbH, Leck
Printed in Germany
ISBN 978-3-7844-3435-3

www.langenmueller.de

Inhalt

Vorwort

Touristisch findet die Landschaft, die einmal Ostpreußen war, genug Beachtung. Die Dünenwelt der Kurischen Nehrung, die Bernsteinküste, das »Land der dunklen Wälder« und die tausend Seen Masurens fehlen in keinem Reiseprospekt. Bis zur nächsten Eiszeit wird die Landschaft, wie Millionen sie kennengelernt haben, erhalten bleiben.
Anders steht es um Kultur und Geschichte. Hier hat der Zweite Weltkrieg eine Wüstenlandschaft hinterlassen. Das Wort »Ostpreußen« auszusprechen, galt lange Zeit als revanchistisch. Es kam im Mainstream der deutschen Kultur nicht vor und wenn doch, dann als Etikett für die Ewiggestrigen. Ebenso das Wort Heimat, das dem Vorgestern zugeordnet wurde. Zu dieser Verlorenheit hat beigetragen, dass ein Teil Ostpreußens, das Königsberger Gebiet, aus der Weltgeschichte herausgefallen war und fast ein halbes Jahrhundert nicht gesehen und betreten werden durfte.
Die Zeit hat diesen Konflikt geheilt. Diejenigen, die an ihrem Land im Osten hingen und es wiederhaben wollten, sind nicht mehr. Eine neue Generation wächst heran, der das Natio-

nale wenig bedeutet, dafür das Europäische umso mehr. Die Menschen, die jetzt in diesem Land heimisch sind, werden als gute Nachbarn und europäische Freunde gesehen, ein Verständnis, das von der anderen Seite erwidert wird. Bevor die ferne Provinz im Schattenreich der Geschichte versinkt, sollte aufgehoben werden, was bewahrenswert ist. Es geht darum, das geistige Ostpreußen am Leben zu erhalten. Die preußische (ostpreußische) Weltsicht wird in den immer unsichereren Zeiten als stabilisierendes Element gebraucht. In Ostpreußen hatten wir es mit einer einzigartigen Vermischung von Völkern, Sprachen und Religionen zu tun, einer europäischen Gemeinschaft im Kleinen, die in ihrer Toleranz jeden nach seiner Fasson selig werden ließ. Kant, Herder, Kopernikus, Corinth sind einige der Leuchttürme, die in die Welt strahlten, bevor die Schatten des 20. Jahrhunderts sie verdunkelten.

In diesem Buch werden, eingebettet von zwei Essays zu Beginn und am Ende, Geschichten aus dem alten Ostpreußen erzählt. Sie sollen dazu beitragen, dass uns dieses Land nicht geistig verloren geht.

Arno Surminski, 4.10.2017

Aus aller Herren Länder

Menschenleer war es dort nie. In uralten Zeiten lebten die Pruzzen im Land zwischen Weichsel, Memel und Narew. Sie streiften durch die Wälder, versammelten sich zur Sonnenwende in heiligen Hainen, um ihre Lieder zu singen. Eine Schrift hinterließen sie nicht, ihre Sprache ging unter vor vierhundert Jahren, nur einzelne Namen und Redewendungen überdauerten die Zeit, ein Staat wurde nach ihnen benannt. Als die Sieger des Zweiten Weltkrieges Preußen auflösten, glaubten sie, die Wurzel allen Übels beseitigt zu haben. In Wahrheit hatten sie einen Staat exekutiert, den es schon lange nicht mehr gab. Dieser Akt der Leichenschändung stürzte Preußen nicht in Vergessenheit, sondern wertete seine historische Bedeutung auf.

Spät nahm sich das Christentum des spärlich besiedelten Pruzzenlandes an. Kreuzritter wurden ausgesandt, um Heiden zu bekehren. Da die sich nicht fügten, musste Blut vergossen werden. Die Pruzzen zogen sich ins Litauische zurück, blieben aber eine ständige Bedrohung des Grenzlandes. Die Zahl der Einfälle und Raubzüge ist Legion, ebenso die Strafexpeditionen der Ritter. Danach blieb die Region geteilt zwischen Heiden und Christen, so wie sie nach dem Schicksalsjahr 1945 wieder geteilt wurde unter Heiden und Christen. Der Ritterorden löste die erste Einwanderungswelle aus. Er rief Bauern und Adelsleute aus ganz Europa ins Land. Um sie vor pruzzischen Überfällen zu schützen, ließ er zahlreiche Burgen bauen; am Nogatfluss entstand die Burg aller Burgen: Marienburg.

Zu den Einwanderern gehörten adlige Familien aus Franken, Hessen und Bayern, die vom Orden mit landwirtschaftlichen Gütern belehnt wurden, den sogenannten Rittergütern. Viele kamen auch als Söldner, um dem Orden bei seinen kriegerischen Unternehmen zu dienen. Als Lohn erhielten sie Ländereien. Bis ins 20. Jahrhundert prägten ihre Namen das Preußenland; in den Parks neben den Herrenhäusern liegen noch heute die Gedenksteine der ersten Siedlerfamilien.

Die Einwanderung unterschiedlichster Volksgruppen wurde über Jahrhunderte hinweg zur Regel. So entstand ein Schmelztiegel, in dem sich vieles vermischte, ein Kleinamerika im östlichen Preußen. Aus dem Süden kamen Masowier und polnische Adelige, sie brachten und bewahrten ihre polnische Sprache, der masurische Dialekt hat sich bis heute erhalten. Luthers Lehre kam früh ins Preußenland, ein Sohn Luthers studierte in Königsberg, ein Schwager war Burggraf von Memel und eine Tochter mit einem Rat des Herzogs Albrecht verheiratet. Preußen war der erste protestantische Staat und wurde zur Schutzmacht verfolgter Protestanten. Der südwestliche Teil Ostpreußens, das Ermland, war polnisch und katholisch. Auch als es bei der polnischen Teilung an Preußen fiel, blieb es katholisch. Es spricht für Toleranz und Weltoffenheit der Menschen, dass »Katholische« und »Evangelische« gut zusammenlebten und auch die anderen Glaubensrichtungen wie Mennoniten und Reformierte toleriert wurden. Im Nordosten der Provinz gab es Ortschaften, die von réfugies, Glaubensflüchtlingen aus Frankreich, bewohnt wurden. Über 7000 schottische Reformierte wanderten seit 1607 nach Ostpreußen ein. Auch Reformierte aus Nassau wurden zur Auswanderung gezwungen und siedelten in Ostpreußen. Die Königsberger Universität wurde zum Anziehungspunkt für Studierende aus ganz Deutschland, aber auch aus Polen und den baltischen Ländern. Für die Litauer war sie so etwas wie geistige Heimat.

Was trieb die Schotten ins Preußenland? Konflikte zwischen Schottland und England führten immer wieder zu Auswanderungswellen. Reformierte Schotten wurden aus dem Land gedrängt. Viele Schotten gingen nach Amerika, einige auch nach Europa. Preußen, nicht zuletzt das liberale Ostpreußen, war häufig das Ziel schottischer Emigranten. Mit dem Schiff reisten sie von Schottland nach Hamburg, zu Lande weiter bis Lübeck und von dort über die Ostsee. Ein schottischer Feldmarschall namens Keith diente in der Armee Friedrichs II. Barclay, ein Preuße mit schottischen Wurzeln, führte die Zarenarmee gegen Napoleon. In Schillers Kriegsdrama »Wallenstein« kommen ein Schotte Lesly und ein irischer General Butler vor.

Als die große Pest zu Beginn des 18. Jahrhunderts den Norden des Landes entvölkerte, rief der preußische König Siedler ins Land. Sie kamen aus Polen und Litauen, dazu Glaubensflüchtlinge aus dem Westen und Süden Europas. 1731 zogen die Salzburger in einer monatelangen Odyssee quer durch Deutschland nach Ostpreußen. Dort bauten sie ihre Kirchen und gründeten ihre Städte (Gumbinnen). Salzburger Namen (Lechleitner, Tiefentaler) waren bis 1945 verbreitet. Auch Hugenotten, die die religiösen Verfolgungen in Frankreich überlebt hatten, zogen auf ihrer Flucht nach Osten ins Preußenland. In Berlin und Ostpreußen wurden sie eine bedeutende Volksgruppe. General L'Estocj, der 1807 für Preußen bei Preußisch-Eylau kämpfte, kam aus einer Hugenottenfamilie. Zuvor hatten sich die holländischen Mennoniten im Mündungsgebiet der Weichsel und im Norden Ostpreußens niedergelassen, weil sie hier ihren Glauben frei leben durften. Reformierte aus der Schweiz und Süddeutschland siedelten vor allem in der Gegend von Insterburg.

Religionsflüchtlinge waren auch die Philipponen, die in Russland verfolgt wurden und 1823 in Ostpreußen Aufnahme fanden. In der »masurischen Wildnis« bauten sie ihre Dörfer und Kirchen und blieben, bis der letzte Krieg sie weiter nach Westen vertrieb. Calvinisten, Täufer, Hugenotten, Salzburger und Philipponen bildeten einen großen Teil der Bevölkerung Ostpreußens.

Die Aufnahme von Glaubensflüchtlingen war nicht nur eine humane Geste der Obrigkeit, sie entsprang auch praktischen Erwägungen der preußischen Könige. Hatte die Pest das Land entvölkert oder ein Tatareneinfall Dörfer und Städte verwüstet, mussten neue Siedler gewonnen werden. »Die Religionen müssen alle toleriert werden und muss der Fiskal nur das Auge darauf halten, das keine der anderen Abbruch tue, daher muss ein jeder nach seiner Fasson selig werden«. Dieser berühmte Ausspruch Friedrichs des Großen begleitete die Geschichte Ostpreußens. Ein weiterer Ausspruch: »... und wenn Türken und Heiden kämen und wollten das Land peuplieren, so wollen wir sie Mosqueen und Kirchen bauen« ist allerdings nicht verwirklicht worden. Die Zuneigung der Ostpreußen zu ihren Königen wurde von diesen nicht immer erwidert. Friedrich II. sprach schon mal von den »Halbwilden« im Osten. »In Königsberg herrschen Müßiggang und Langeweile«, stellte er nach einem Besuch in Ostpreußen fest. Schon sein Vorgänger Friedrich Wilhelm I. »erachtete Menschen für den größten Reichtum« und bot ihnen gern Asyl an. Die religiöse Toleranz Preußens, die zu einem ständigen Zustrom von Flüchtlingen führte, war auch deshalb möglich, weil Preußen nicht zum Römischen Reich gehörte und ein Kurfürst sich 1701 in Königsberg zum »König in Preußen« krönen konnte.

Holländer wurden nach Ostpreußen gerufen, weil sie sich auf die Regulierung von Flüssen und Sümpfen und den Bau von Windmühlen verstanden. Eine ganze Stadt erhielt ihren Namen: Preußisch-Holland. Viele kamen, weil im Nordosten eine freiere Luft wehte ohne die Zwänge der Religionen und Zünfte. Es brachen hauptsächlich die auf, die mit den Zuständen in ihren Heimatländern nicht zufrieden waren und die glaubten, in der Fremde eine Existenz aufbauen zu können. Auch Abenteuerlust spielte eine Rolle. Das ferne Preußen bestand aus Seen, Sümpfen und waldiger Wildnis, in der Bären, Wölfe und Elche hausten. Die Menschen wanderten in den »Wilden Osten« aus wie später in den amerikanischen »Wilden Westen«. Im Kaiserreich gab es allerdings auch eine Wanderungsbewegung in die andere Richtung. Zweite und dritte Söhne der masurischen Bauern gingen in die Kohlengruben des Ruhrge-

biets. Für sie kamen polnische Wanderarbeiter auf die Güter und Felder Ostpreußens.
Große Menschenbewegungen brachten die Kriege. Im Nordischen Krieg lagerten die Schweden mehrere Jahre in Ostpreußen. Die Tataren brachten bei ihren Einfällen nicht nur Feuer und Totschlag in die Provinz, sondern auch ihr asiatisches Blut. Im Siebenjährigen Krieg hielt die Zarenarmee Ostpreußen mehrere Jahre besetzt. Friedrich II. trug es seinen Ostpreußen nach, dass sie der Zarin den Huldigungseid geleistet, russische Offiziere Königsberger Kaufmannstöchter geheiratet und mit ihren Kinder gezeugt hatten. Vielfältig waren die Verbindungen zu Russland. Im sogenannten Befreiungskrieg gegen Napoleon gab es eine preußisch-russische Waffenbrüderschaft. 1914 besetzte die Zarenarmee die Hälfte Ostpreußens, 1941 erfolgte von Ostpreußen aus der deutsche Überfall auf die Sowjetunion, 1945 fiel die Rote Armee in Ostpreußen ein. Nicht nur russisches Blut kam in die preußische Provinz, es gingen auch Preußen ins Reich des Zaren. Zahlreiche Generäle des Zaren waren preußischer Abstammung. Als nach den Schlachten von Jena und Auerstedt auf Anordnung Napoleons die preußische Armee reduziert werden musste, traten zahlreiche Offiziere in russische Dienste. Nach den französischen Hugenotten waren es später französische Soldaten, die in Ostpreußen blieben. Zum Sommeranfang des

Jahres 1812 brach die Große Armee von Ostpreußen auf nach Moskau. 129 Jahre später, fast am gleichen Junitag, versuchte es ein neuer Imperator noch einmal. Und die Rückkehr immer im tiefsten Winter. Als die Große Armee aus Russland zurückflutete, hat es den einen oder anderen Soldaten wohl verlangt, in einer warmen Bauernstube zu nächtigen und das Ende des furchtbaren Ringens in einem warmen Bett abzuwarten. Franzosenkinder wurden geboren. Niemand sah ihnen an, woher die Väter kamen.

Was zog die Schweizer aus ihren Bergen ins nordöstliche Flachland? Nicht nur reformierte Glaubensflüchtlinge aus der Schweiz siedelten im Norden Ostpreußens. Schweizer wurden auch gerufen, um dort die Milchwirtschaft aufzubauen. Sie erfanden den Tilsiter Käse. Ihretwegen wurden alle Melker auf den Gütern bis 1945 »Schweizer« genannt.

Während und nach dem Ersten Weltkrieg kamen die Wolhyniendeutschen nach Ostpreußen. Sie hatten in der russischen Provinz Wolhynien gesiedelt und wurden wegen der Kriegsereignisse vertrieben.

Bis zur Judenemanzipation 1812 durch Hardenberg lebten nur wenige Juden in Ostpreußen. Jüdische Händler kamen allerdings öfter aus Polen und dem Litauischen mit ihren Wägelchen über die Grenze, um Handel zu treiben. Als die Juden in Deutschland gleichberechtigte Bürger wurden,

die sich überall niederlassen konnten, entstand in Königsberg ein jüdisches Zentrum. Eine Statistik aus dem Jahre 1848 über die Bewohner des Regierungsbezirks Königsberg nannte 5124 Personen, die der mosaischen Religion angehörten. Als 1896 eine neue Synagoge in Königsberg eingeweiht wurde, hielt der Königsberger Oberbürgermeister Brinkmann eine Festrede, in der er sagte:
Hier in Königsberg leben die Bekenner aller Religionen und aller Konfessionen in Frieden und Eintracht neben- und miteinander.

Das ging gut bis zu den Unheiljahren des Dritten Reiches. Viele Königsberger Juden wanderten in den Dreißigerjahren nach England aus, darunter ein Mädchen namens Lea, das später die Frau des israelischen Premierministers Rabin wurde.
Die Provinz Ostpreußen ist von den unterschiedlichsten Völkern besiedelt worden, was zu einer einzigartigen Vermischung geführt hat. Es entstand eine geistige Besonderheit, eine europäische Gemeinschaft im Kleinen, die in ihrer Toleranz auch eine bemerkenswerte Vielsprachigkeit duldete. Die letzte Völkerwanderung kam 1944/45 über das Land, nun von Ost nach West. Die durch Krieg, Flucht und Vertreibung menschenleere Provinz wurde von Osten her neu besiedelt. Was die russischen Neusiedler empfanden, die 1946 in Königsberg ankamen, sagt folgender Text:

Man entlud den Zug an zwei Holzbaracken, dort war auch der Wartesaal. Ich ging auf die Straße. Rechts und links war Sumpf, vor mir lagen Trümmer. Ich ging zu einer Brücke und schaute mich um. Ringsum Stille und Ruinen ... Über der Stadt kein einziges Rauchwölkchen, kein Auto, kein Mensch, nur Ruinen. Eine solche Einöde.
Die Innenstadt Königsbergs zählte 1940 5000 Gebäude. Als die Neusiedler in Königsberg aus dem Zug stiegen, fanden sie 161 bewohnbare Häuser im Zentrum der Stadt.

Der Pestreiter

Als die Dunkelheit von Osten heraufzog, watete er, das Pferd am Zügel führend, durch den Grenzfluss, verweilte kurze Zeit im hohen Gras, bis er sich auf den Rücken des Tieres schwang und zum nächsten Dorf preschte. Es kostete ihn Mühe, das Pferd auf dem Dorfplatz zum Stehen zu bringen. Kinder liefen aus den Häusern und musterten den sonderbaren Besucher. Niemand kannte den Fremden. Er war von kleiner Statur, hatte ein rundes Gesicht, das von schwarzen Flecken entstellt war. Am Gürtel hing ein krummer Säbel, den Kopf bedeckte eine Lederkappe.

Sie erwarteten, dass er sich erklären werde, aber bevor er ein Wort hervorbringen konnte, fiel der Reiter vom Pferd. Als sie sich über ihn beugten, sahen sie, dass er tot war. Das Tier stand noch eine Weile mit gesenktem Kopf neben seinem Herrn, dann fiel es auch zu Boden. Darüber waren die Leute so erschrocken, dass sie schreiend in ihre Hütten rannten und die Türen verriegelten. Den toten Reiter und sein Pferd ließen sie auf dem Dorfplatz zurück in der stillen Hoffnung, über Nacht werde der Spuk verschwinden.

Kaum ging die Sonne auf, eilten sie zum Dorfplatz, fanden dort die Leichen des Mannes und des Pferdes, über die sich die Ratten hergemacht und Löcher in die Leiber gefressen hatten. Sie wussten sich keinen besseren Rat, als trockenes Reisig zu holen, es über die Kadaver zu werfen und sie anzuzünden. Das Feuer brannte den ganzen Tag, Pestgestank zog die Straße entlang, und am Abend kratzten einige Männer die Asche zusammen, fuhren sie in den Wald, um sie in einem Erdloch zu verscharren. Noch tagelang redeten sie über den sonderbaren Reiter. Welche Botschaft hatte er ihnen bringen wollen? War er der Bote eines Unheils, das von Osten heraufzog?

Nach ein paar Tagen erkrankte ein Kind; an Gesicht, Armen und Beinen zeigten sich schwarze Flecken. Noch vor Michaelis starb es. Kaum lag es unter der Erde, kam weiteres Unglück ins Dorf. Hier erkrankte eine Frau, dort ein alter Mann. Auch als der Pfarrer von Haus zu Haus ging, die Bewohner segnete und die Türen mit Weihwasser besprengte, nahm das Sterben kein Ende. Einige Frauen rannten mit ihren Kindern zu Verwandten in die Nachbardörfer, verbreiteten dort die Kunde von dem Unheil, das von Osten über den Grenzstrom gekommen war. Bald zeigte sich auch dort die sonderbare Krankheit; den Pfarrer streckte es zu Martini nieder.

Wer konnte, floh aus den Grenzdörfern zum Meer hin, wo die Krankheit – so wusste es ein Gerücht – sich im Wasser totlaufen würde. Einige setzten auch mit Kähnen über das Haff, hoffend, im weißen Sand der Dünen gäbe es die Krankheit nicht. Aber auch dort kroch der Schwarze Tod aus dem Wasser und wanderte in die Fischerdörfer. Nidden wurde menschenleer und sein Friedhof zum größten Pestfriedhof der Gegend. Bald verbreiteten sich sonderbare Gerüchte. Ein wandernder Tuchhändler wollte riesige Rattenscharen gesehen haben, die aus menschenleeren Ortschaften aufbrachen und den fliehenden Menschen folgten. Nach den Ratten werden die Tataren kommen und die umbringen, die die Krankheit überlebt haben, hieß es. Einer wollte gesehen haben, wie ein Jude, der mit einem Bauchladen über Land gekommen war, giftiges Pulver in die Brunnen schüttete. Ein anderer spielte so lustig auf seiner Flöte, dass die Rattenschwärme ihm folgten.

Als das Sterben kein Ende nehmen wollte, läuteten sie Tag und Nacht die Kirchenglocken, unternahmen Prozessionen zu den Stätten der Heiligen, doch der Schwarze Tod war schon vor ihnen da. Die Hälfte der Bewohner Preußisch-Litauens brachte er unter die Erde, die Überlebenden wagten sich nicht mehr auf die Felder aus Furcht, sie könnten ihm begegnen. Erst zwei Jahre später verzog sich die Pest in andere Gegenden.

Nach diesem Unglück schickte die Obrigkeit Boten in fremde Länder, die um Menschen warben. Sie sollten kommen, um die fruchtbaren Gegenden zwischen Memel und Pregel wieder zum Blühen zu bringen. Die heraufkamen, besaßen ein großes Gottvertrauen und wurden mit reichen Ernten belohnt. Sie erweckten die Memelniederung zu neuem Leben, doch blieb die ständige Furcht vor dem Unheil, das aus dem Osten gekommen war, und vor denen, die die Brunnen vergiften.

In der Poscherun'schen Mühle

Am vorletzten Tag des Jahres – gerechnet nach preußischer Zeit – ging Perkun zum Fluss, um das Eis zu prüfen. Der strenge Frost, der seit Wochen herrschte, hatte die Räder seiner Wassermühle zum Stillstand gebracht, dem Müller Perkun war die Arbeit ausgegangen. Vom Ufer aus erblickte er zwei Dragoner, die den Eingang seiner Mühle bewachten. Ihre Pferde hatten sie ans Holz gebunden, die Pistolen steckten im Halfter, die Lanzen im Schnee. Was hatten diese Krieger mit seiner Mühle zu schaffen?

Perkun rechnete die Reiter dem 10. Preußischen Korps zu, das mit den Franzosen gegen den Zaren gekämpft und nach dem Rückzug der Großen Armee im nahen Tauroggen Quartier gefunden hatte. Preußische und russische Vorposten standen sich auf den Feldern vor der Stadt gegenüber, mochten aber nicht mehr gegeneinander kämpfen. Perkun hoffte, das werde so bleiben, denn unter kriegerischen Umständen leiden vor allem die Mühlen.

Das ist meine Mühle, sprach er die Dragoner an.

Es ist besser, in deine Hütte zu gehen und den Tag zu verschlafen, rieten sie ihm.

Ich muss aber Schrot mahlen, antwortete er.
Das Schrot kann warten! In deiner Mühle wird heute Geschichte geschrieben. Dazu braucht es kein Schrot.
Da Perkun der Weltgeschichte nicht im Wege stehen wollte, verfügte er sich wie befohlen zurück über das Eis. Doch bevor er sein Haus erreichte, riefen sie ihn.
Es werden hohe Generäle eintreffen! Da es gar zu kalt ist, solltest du in der Mühle ein Feuer machen, damit es den Herren angenehm ist.
Perkun kehrte um, kniete vor der Feuerstelle, gab Reisig und festes Holz hinein, auch ein paar Tropfen Petroleum. Dann zündete er die Lunte. Rauch stieg auf, entwich durch die Luke im Dach und zeigte aller Welt, dass in der Poscherun'schen Mühle Leben herrschte.
Wir brauchen noch einen Tisch und Stühle, denn die Herren müssen lesen und schreiben und bei ihren Geschäften bequem sitzen, erklärte einer der Dragoner.
Zu dritt gingen sie in Perkuns Hütte, um die gewünschten Möbelstücke über das Eis zu tragen. Sie verlangten auch nach einer Petroleumlampe, weil die Herren für ihre schriftlichen Arbeiten Licht brauchten.
Während Perkun Holzscheite ins Feuer gab und Schrotsäcke zum Mühlentrichter schleppte, ging über Tauroggen die Sonne auf, wie immer um

diese Jahreszeit verspätet. Mit dem Sonnenlicht erschien, hoch zu Pferde, einer der angekündigten Generäle, begleitet von zwei Offizieren. Die Offiziere besprachen sich mit den Dragonern, der General verharrte auf einer Anhöhe, blickte übers verschneite Land zu jenem Fluss, der von Russland kommend dem Kurischen Haff zuströmte, nun aber tot unter dem Eis lag. Danach spazierte er, den Kopf gebeugt von schweren Gedanken, im Schnee auf und ab, umrundete die Mühle und forderte Perkun auf, seinem Pferd Schrot zu geben.

Unser König wird es dir danken, sagte der General. Perkun fragte, ob noch weitere Dienste gefällig seien. Seine Frau könne, wenn die Herren es wünschten, ein kräftiges Essen zubereiten. Auch wollte er einen Wasserkessel über das Feuer hängen, um Tee aufzugießen oder einen Grog zu rühren. Wenn hier große Geschichte geschrieben wird, ist es angebracht, diese mit einem kräftigen Schluck zu begießen, dachte er.

Sie schickten ihn fort. Wenn er gebraucht werde, wolle man ihn rufen, sagten die Herren.

Gehört ihr zu Napoleon oder zum Zaren?, fragte Perkun im Weggehen.

Wir sind Preußen, antwortete einer der Dragoner. Dabei soll es auch bleiben.

Von seiner Hütte aus erblickte Perkun drei Reiter in russischen Uniformen, die sich in leichtem

Trab der Mühle näherten. Ihr Oberster, ein junger General, wurde von den Dragonern begrüßt. Obwohl sie Feinde waren, taten sie freundlich miteinander. Die Gruppe stand eine Weile auf der Anhöhe und betrachtete die schneebedeckte Landschaft. Danach begaben sich sechs Herren ins Innere der Mühle, die beiden Dragoner bewachten weiter den Eingang und die Pferde.

Der Rauch, der aus der Dachluke entwich, wurde stärker. Perkun war in Sorge, die hohen Herren könnten in ihrem Eifer seine Mühle niederbrennen oder anderen Schaden anrichten. Darum ging er hinüber und sagte, er müsse sich um das Feuer kümmern und Holz nachlegen. Die Herren, die vor ausgebreiteten Papieren an seinem Küchentisch saßen, beachteten ihn nicht.

Einer der Dragoner fragte ihn, ob er eine Flasche im Haus habe, die Konvention müsse begossen werden.

Der Müller holte die Flasche, die er für noch schlechtere Zeiten aufbewahrt hatte. Als er mit ihr die Mühle betrat, fand er die Herren in guter Stimmung. Zwei schrieben ein Dokument, die anderen standen im Kreis zusammen und sprachen über den französischen Imperator, den sie demnächst aus dem Land jagen wollten. Alle, auch die russischen Offiziere, bedienten sich der deutschen Sprache.

Der eine nahm den Müller beiseite.

Da wir in deiner Mühle zu Gast sind, gehört es sich, dass wir uns bekannt machen. Er gab sich als Kommandeur des 10. Preußischen Korps zu erkennen, sein Name war von York. Zu seiner Begleitung gehörten ein Oberst von Röder und ein Major von Seydlitz. Von russischer Seite war der Kaiserliche Generalmajor von Diebitsch erschienen, mit ihm ein Oberstleutnant von Clausewitz und ein Major Graf Dohna.
Als Perkun sich verwundert umblickte, sagte von Seydlitz: Wir sind alle Söhne Preußens. Nur unglückliche Umstände zwangen einige von uns, den Franzosen zu dienen, andere zogen mit dem Zaren. Das soll ein Ende haben, wir reiten nur noch für den preußischen König.
Am frühen Nachmittag, es begann schon zu dämmern, verließen die Herren die Mühle. Die einen ritten ostwärts, die anderen zu der Stadt Tauroggen. Perkun fand das Feuer erloschen, die Petroleumlampe blakte, die Flasche lag leer auf dem Fußboden. Er schaffte den Tisch, an dem Geschichte geschrieben worden war, zur Seite, fegte den Schneematsch zusammen, den die Herren in seine Mühle getreten hatten, begab sich zum Mühlenrad, schlug den Haltepfosten zur Seite und wartete, ob genügend Wasser unter dem Eis strömte, seine Mühle in Bewegung zu setzen.
Stille umgab die Mühle von Poscherun. Der Wind heulte in der Dachluke, der letzte Rauch

floh davon, und die Mühlenräder begannen zu ächzen. Die große Geschichte hatte sich verflüchtigt. Als die Abdrücke der Pferdehufe in der Nacht zum 31. Dezember 1812 von neuem Schnee zugeweht wurden, war die Geschichte endgültig auf und davon.

Der Tatarensee

Die kleine Stadt lag noch im Schlaf, als die fremden Reiter über sie herfielen und mit Geschrei durch die Straßen jagten. Sie warfen Brandfackeln in die Häuser und erschlugen jeden, der sich ihnen in den Weg stellte. Schließlich fesselten sie die jüngeren Männer, um sie in die Tatarei zu verschleppen und auf den Sklavenmärkten von Konstantinopel zu verkaufen. Sie banden sie an die Schwänze ihrer Pferde und schleiften sie zum Seeufer. Dort schlugen sie ihr Lager auf, entzündeten ein Feuer, brieten Schafe und Rinder, am Abend sangen sie fremde Lieder. Die Pferde, an denen wie leblos die gefesselten Männer hingen, ließen sie am Seeufer grasen, einige schleiften die Last ins Wasser, wo die Männer ertranken.
Bevor es dunkelte, zogen die Frauen bunte Kleider an und gingen zum Lagerplatz der Tataren. Dort lachten sie und taten freundlich mit ihnen. Sie schenkten den Tataren Honigschnaps ein, den sie in Kannen mitgebracht hatten, auch tanzten sie ihnen vor und sangen, bis die Krieger wild wurden, mit ihnen tanzten, sich auf sie wälzten und mehr und mehr von dem süßen Saft verlangten. Als sie

betrunken im Gras lagen, liefen die Frauen zu ihren Männern und lösten sie von den Fesseln. Danach stürzten sich Männer und Frauen gemeinsam auf die betrunkenen Krieger, rissen ihnen die spitzen Knochendolche vom Gürtel, stießen in ihre Leiber und schlugen mit Knüppeln auf die am Boden Liegenden ein. Die Toten schleiften sie zum See, beschwerten die Körper mit Steinen und gaben sie in die Tiefe.

Diese Ungeheuerlichkeit geschah vor mehr als 350 Jahren, als die Tataren Ostpreußen heimsuchten und einen Landstrich von 180 Kilometern Länge und 75 Kilometern Tiefe in eine Wüste verwandelten. Die Städte Masurens brannten nieder, 37 Kirchen wurden zu Asche, 23 000 Menschen erschlagen, über 3000 in die Tatarei verschleppt. Zurück ließen sie die ewige Furcht vor allem, das aus dem Osten kommt.

Dem Gewässer nahe der Stadt Lyck gaben sie später den Namen Tatarensee. Den Kindern erzählten sie von den kleinen, braunhäutigen Männern mit runden Gesichtern, die auf dem Grund des Sees ruhten und in stillen Nächten ihre fremden Lieder sangen.

Als die Kosaken kamen

Der Krieg war keine zwei Wochen alt, als sich die ersten Reiter zeigten. Sie kamen aus dem Osten wie alles Unheil. Nicht im Schritttempo, sondern in gestrecktem Galopp preschten sie über abgeerntete Felder. Kleine Männer auf kleinen Pferden. Sie schrien Uräh und schwenkten ihre krummen Säbel. Wer eine Flinte besaß, hielt sie über den Kopf und drückte ab.

Geht ins Haus, Kinder, die Kosaken kommen!

Furchterregend sahen sie aus mit ihren schwarzen Bärten und dem zerzausten Haar. Sie sprengten im Dorf hin und her, versammelten sich schließlich auf dem Anger, verfolgten dort das Federvieh und schlugen den Enten den Kopf ab. Ein Offizier sprach laute Worte. Danach sprangen alle von den Pferden, ließen die Tiere grasen, stellten ihre Flinten zu Pyramiden zusammen und errichteten Zelte, wo eben noch Schafe und Gänse gegrast hatten. Zwei Mann ritten Patrouille durchs Dorf, drei bewachten das Heerlager im Grünen.

Der Offizier schickte seinen Adjutanten zum nächsten Haus, um nach dem Bürgermeister zu fragen. Der hatte sich in seinem Hühnerstall versteckt, aber die Kosaken fanden ihn und schleppten ihn zu ihrem Lager. Eine Nacht sollte er dort zubringen, damit es im Dorf kein Unglück gäbe. Sie fesselten seine Hände und ließen ihn vor dem Zelt, das dem Offizier errichtet worden war, auf dem Boden sitzen.

Ich habe meinen Soldaten verboten, auf die Höfe zu gehen und ohne Geld zu kaufen, erklärte der Offizier dem Bürgermeister. Nur ein paar Hühner müssten noch beschafft werden für die Abendmahlzeit am Lagerfeuer. Der Bürgermeister sollte das seinen Leuten sagen, damit es keine Unannehmlichkeiten gebe, wenn die Soldaten auf die Höfe kämen, die Hühner zu holen.

Es wurde nicht geschossen oder Feuer gelegt, keine Verwundeten mussten versorgt, keine Toten begraben werden. Nur einen Späher setzten die Kosaken auf den höchsten Dachfirst im Dorf, um die Ankunft des Feindes, wenn er denn käme, zu melden.

Da sie sich langweilten, veranstalteten sie allerlei Spielchen, ließen ihre Pferde über Hindernisse springen, ritten in den Teich und wieder heraus, übten Wettreiten auf der Dorfstraße. Das Holz, das sie für das Abendfeuer brauchten, fanden sie geschichtet auf einem Hof, wo es auf den Winter wartete. Da die kleinen Männer es nicht tragen mochten, befahlen sie dem Bauern, seine Pferde anzuspannen und das Holz auf die Wiese zu fahren. Bis zum Winter gäbe es neues Holz.

Ein Zwischenfall ereignete sich, als der Offizier, eine Knute mit Bleieinlage schwingend, vor sein Zelt trat. Er griff sich einen Soldaten und versetzte ihm drei Hiebe aufs Hinterteil. Der hatte nicht nur das Holz abgefahren, sondern auch ein Ferkel, das arglos über den Hof lief, gegriffen und zum Lagerplatz getragen, damit zum Abendessen auch Schweinebraten gereicht werden konnte. Das verängstigte Tier quiekte laut, der Offizier hörte es, und die Knute bekam Arbeit. Kaum war das Ferkel aus dem Sack, rannte es zum Teich und verschwand im Schilf. Die Kosaken lachten über ihren Kameraden, der ein Ferkel braten wollte und dafür drei Schläge mit der Knute bekam. Später gingen sie ins Schilf und nahmen ihre Messer mit. Ob Ferkel schwimmen können?

Die Hühner kauften sie ohne Geld. Sie trieben sie auf den Höfen in die Enge, warfen sich über sie und schlugen ihnen die Köpfe ab. Danach hängten sie die Vögel wie Wäschestücke auf eine Leine. Alte Frauen mussten zum Lagerplatz kommen, dort die Hühner rupfen und ausnehmen.

Wo es Hühner gibt, müssen auch Eier sein. Die Kosaken durchsuchten Scheunen und Stallungen, sammelten einen Korb voll und stellten die Eier neben den Holzstoß. Bevor das Feuer entzündet wurde, durfte jeder ein Ei aufschlagen und ausschlürfen. So vermieden sie das lästige Kochen oder Braten der Eier.

Die Dämmerung zog von Osten auf, die Kosaken sangen schwermütige Lieder, die keiner verstand. Als sie im Teich Fische springen hörten, fragten sie nach Netzen. Sie versuchten, Wildenten zu schießen, die auf dem Teich niedergegangen waren, trafen aber nur das Wasser. Das Schwanenpaar, das sie als gut sichtbares Ziel wohl getroffen hätten, war im Schilf untergetaucht.
Über dem Wasser schwebten die Pusteblumen des späten Sommers, hängten sich wie Spinnweben in das zottige Fell der kleinen Pferde. Später zog Nebel auf. Als die Flammen des Lagerfeuers emporschossen, begannen die Kosaken zu johlen. Einige warfen sich auf die Pferde und galoppierten im Kreis um den brennenden Holzstoß. Andere schlichen im Schutz der Dunkelheit in die Vorgärten, gruben Kartoffeln aus, spießten sie auf Stöcke und ließen sie in der Glut garen. Auch einen Pflaumenbaum, voll behängt mit fast reifen Früchten, befreiten sie von seiner Last. Sie brachen Äste ab und schleppten sie zum Lagerfeuer.
Bei Sonnenaufgang tränkten sie ihre Pferde im Teich, dann führten sie sie zur Fütterung in ein Haferfeld. Schließlich wuschen sie ihre nackten Oberkörper. Den Bürgermeister ließen sie von der Kette. Bevor er ging, musste er mit dem Offizier einen Wodka trinken und unterschreiben, dass die Kosaken sich ordentlich benommen hätten. Schließlich saßen sie auf, ritten ohne Eile

dem Krieg entgegen, der irgendwo in der Ferne rumorte.
Ein kleines Unglück gab es noch bei der Windmühle, dem höchsten Bauwerk des Dorfes, das mit angeketteten Flügeln in den Himmel ragte. Windmühlen sind in ihrer Größe und Schönheit für jeden Soldaten eine Herausforderung, erst recht für die kleinen, wilden Männer aus dem Osten. Schon sprengte einer zur Mühle und warf, bevor der Offizier es bemerken konnte, eine Fackel durchs Fenster. Das Feuer, das er anfachte, loderte gewaltiger als der Holzstoß, der am Abend zuvor auf dem Anger gebrannt hatte, eine Festbeleuchtung für den Krieg, in den sie ziehen wollten. Einmal galoppierten alle Reiter um die brennende Mühle, dann zogen sie weiter.
Auf dem Anger kratzten die Kinder den Unrat zusammen und warfen ihn in die Asche des Lagerfeuers. Der Abfall fing wieder Feuer und brannte bis zum Abend mit der Mühle um die Wette. Die Pferdeäpfel, die auf dem Anger lagen, sammelten sie in Eimern und trugen sie in die Gärten. So hatten die Kosaken doch noch etwas Gutes zurückgelassen.

Ephas Düne

Wenn Großvater den Friedhof besuchte, blieb er an einem Grabstein stehen, zog den Hut und murmelte ein Gebet. Ich war noch zu klein, um die Inschrift des Steins lesen zu können. Jahre später entzifferte ich den Namen: Epha 1907.

Was hat sich zugetragen in jenem Jahr 1907?, fragte ich den Großvater.

Wir setzten uns auf die Friedhofsbank, und er erzählte mir von dem Mann, der unserer Düne den Namen gegeben hat.

Dieser Epha wanderte, als er noch jung war, über die Nehrung, als ein schwerer Sandsturm ihn zwang, in einer Wildhütte Schutz zu suchen. Nach dem Sturm wollte er die Hütte verlassen, fand die Tür aber zugeweht. Er musste Bretter aus dem Dach schlagen, um ins Freie zu gelangen. Weg und Steg gab es nicht mehr, er wusste nicht, woher er gekommen war und wohin er gehen sollte. Auf allen vieren kroch er die Düne hinauf und erschrak, als er vom Gipfel in die Runde blickte. Eine Sandwolke hing über dem Haff, senkte sich auf die Wasserfläche und gab dem Haff eine bräunliche Färbung. Die Fischerdörfer am Ufer schie-

nen kleiner geworden zu sein, der Sand hatte die Gärten zugeschüttet und sich vor die Türen der Häuser gelegt.
Wenn es so weitergeht, wird es die Kurische Nehrung bald nicht mehr geben, dachte Epha. Die Sandstürme werden sie ins Haff wehen, die Fischer werden aufs Festland fliehen, weil sie mit der Düne nicht mehr leben können.
Da der junge Epha Fortwirtschaft studiert hatte, suchte er in klugen Büchern nach einer Pflanze, die in der Düne wurzeln und dem zerstörerischen Treiben von Wind und Sand ein Ende setzen konnte. Wir müssen Zäune setzen, Mauern errichten oder Wälder pflanzen, um den Sand am Wandern zu hindern, sagte er.
Die Nehrungsfischer schüttelten darüber den Kopf. Sie wussten längst, dass im trockenen Dünensand nichts wachsen konnte, um die Dünen zu schützen. Er versuchte es mit Disteln und Strandhafer. Sie wuchsen nur kümmerlich. Er bereiste andere Nehrungen, um zu erfahren, welche Pflanzen dort gediehen. Auf der Frischen Nehrung, hundert Kilometer südlich gelegen, fand er Krüppelkiefern, die sich in sandige Erde gekrallt hatten. Er grub einige aus und brachte sie auf die Kurische Nehrung nach Pillkoppen. Dort gab er sie tief in den Dünensand, wässerte kräftig und überließ das Weitere dem Regen, dem Wind und der feuchten Luft, die vom Meer aufstieg. Die Krüppelkiefern überstan-

den das erste Jahr. Als sie auch im zweiten wuchsen und grünten, ließ Epha die ganze Düne vor Pillkoppen mit Krüppelkiefern bepflanzen. Die Nehrunger legten mit Hand an, gruben und wässerten die Pflanzen, bis sie sich gefestigt hatten. Als die Herbststürme kamen, hielten die Fischer Ausschau nach den Sandwolken, die über ihr Dorf hinweg ins Haff treiben sollten. Doch der Sand kam nicht. Die von Epha gepflanzten Kiefern hinderten die Dünen daran zu wandern. Als Epha im Jahr 1907 starb, gaben die Nehrunger dem größten Sandberg in der Gegend den Namen Epha-Düne. Auf dem Nehrungsfriedhof setzten sie einen Stein, und immer, wenn Großvater den Friedhof besuchte, zog er den Hut und murmelte ein Gebet.

Die masurische Frömmigkeit

Zu berichten ist vom Pfarrer Masowski, den die kirchliche Obrigkeit in die Gegend von Widminnen schickte, um den Masuren Gottes Wort zu verkünden. Da der liebe Gott sich in jenem Landstrich deutsch und masurisch verständigte, musste Masowski in beiden Sprachen predigen. Sonntags sprach er in der ersten Stunde Deutsch, nach einer halbstündigen Pause gab er den gleichen Sermon auf Masurisch von sich. In der Pause dazwischen stärkte er sich mit Klopsen und sauren Gurken, trank nur klares Wasser, weil höhere Getränke erst nach dem Gottesdienst erlaubt waren. Diese Getränkeeinteilung hatte Masowski bei der Übernahme seines Amtes als Erstes verfügt, um das Teufelswasser von der Kirche so lange wie möglich fernzuhalten. Seinem Vorgänger, der diese Strenge weder von sich noch von der Gemeinde verlangt hatte, war es geschehen, dass eine Flasche in den hinteren Bänken die Runde machte, während vorn der Pfarrer vom Heiligen Geist erzählte. Er war es auch, der bei seiner Verabschiedung am Sonntag Reminiszere den Masuren zurief:

Wenn ich mal vor den lieben Gott trete, wird er mich fragen: Wo ist deine Gemeinde? Und ich muss ihm antworten: Die eine Hälfte ist im Masurischen Hof und die andere in der Kutscherkneipe.

Wegen der Unterteilung in Deutsch und Masurisch versammelten sich die Masuren um Kleinmittag auf dem Kirchplatz, wo sie auf ihre Zeit warteten, während in der Kirche Choräle auf Deutsch gesungen wurden. Im Winter, wenn das Warten gar zu anstrengend wurde, erlaubte ihnen Kirchendiener Bruse, auf dem Kirchplatz ein Feuer zu entzünden; Reisig dafür brachten die Masuren vorsorglich auf ihren Fuhrwerken von zu Hause mit. Sie bewachten das Feuer, besprachen die letzten Neuigkeiten, ließen auch die bewusste Flasche kreisen und hätten wohl gesungen, wenn Bruse ihnen nicht Schweigen geboten hätte, weil jeder Lärm die frommen Menschen in der Kirche stören könnte.

Verließen die ersten Kirchgänger das Gotteshaus, mischten sie sich unter die wartenden Masuren, um dieses und jenes zu besprechen und sich an deren Feuer zu wärmen, denn auch in Gottes Haus herrschte der masurische Winter. Ohne Pelzmantel konnte es dort keiner aushalten, sogar der Pfarrer trug Handschuhe, die er nur ablegte, wenn er die Heilige Schrift berührte.

Auf dem Kirchplatz vermengten sich die beiden Sprachen in fröhlichem Plachandern. Die einen sagten pschakref, die anderen ließen den Deibel tanzen. Manche gingen auch nach der deutschen Stunde noch einmal mit den Masuren ins Gotteshaus, denn von Gottes Wort – ob deutsch oder masurisch – kann der Mensch nicht genug bekommen.

Die masurische Andacht begann damit, dass Kirchendiener Bruse dem Mann am Strick ein Zeichen gab. Sofort schlugen die Glocken an, ihr Klang ging über Wiesen und Bäche, verlor sich in den Wäldern. Beim Betreten des Gotteshauses verneigten sich die Masuren zum Altar hin, bevor sie in den ihnen zugedachten Bänken Platz nahmen. Weil Masowski noch mit Klopsen beschäftigt war, vertrieben sie sich die Wartezeit mit Singen. Die Orgel blieb stumm, weil sie mit der Stimmengewalt der Masuren, die ihren Gesang mit melodischen Schleifen mächtig in die Länge zogen, nicht mithalten konnte. Erst als der Balgentreter der Orgel die nötige Luft gab, konnte sie dem lauten Gesang der Masuren folgen und schließlich die Herrschaft übernehmen.

Masowski erschien, begleitet von starkem Rumoren in den Bänken, denn die Masuren begrüßten, so war es alter Brauch, ihren Pfarrer aufrecht stehend, wie auch die Schulkinder aufsprangen, wenn der Lehrer das Klassenzimmer betrat. Pfarrer Masowski neigte dazu, den masurischen Gottesdienst über Gebühr in die Länge zu ziehen, indem

er öfter als nötig Gott und Jesus Christus anrief. Wenn diese Namen fielen, sprang die Gemeinde auf und verneigte sich zum Altarkreuz hin. So gab es eine ständige Bewegung, was gegen mögliche Versteifung der kalten Glieder half. Wurden seine Schäfchen gar zu schläfrig, rief Masowski Gott in jedem zweiten Satz an und verursachte damit einen großen Rumor.
Es ging auf Mittag zu, als die Glocken das Ende des Gottesdienstes verkündeten. Die Masuren versammelten sich auf dem Kirchplatz um das längst niedergebrannte Feuer. Sie versorgten die Pferde, sprachen dieses und jenes, bevor es die Männer in den Krug zog, der in Sichtweite der Kirche seine Tore weit geöffnet hielt. Weil den Frauen dieser Umweg nicht gefiel, kam es zu Streitereien auf der Straße, die so laut wurden, dass sie das dritte Gebot verletzten. Masowski schaffte Abhilfe, indem er den Mann am Glockenstrang anwies, noch lange nach dem Gottesdienst die Glocken zu läuten, denn in Masuren galt der Glaube, es sei schwere Sünde, bei Glockengeläut in einen Krug zu gehen. Schließlich machte Masowski höheren Orts eine Eingabe, alle Gastwirtschaften am heiligen Sonntag zu schließen oder wenigstens das Ausschenken scharfer Getränke zu verbieten. Doch musste er diesen Plan bald aufgeben, weil bei einer so strengen Auslegung des dritten Gebots kein Masure in die Kirche gefahren wäre.

Auf der Krutinna

Seit Menschengedenken fließt sie gemächlich durch Wälder und Wiesen, scheinbar ohne Ziel und Ende. Sie kennt keine Eile, es treibt sie nicht zum Meer, sie bringt viel Zeit mit und Blätter und Schilfrohr auf ihrer beschaulichen Reise, sie staut sich zum Verpusten vor Bäumen, die in den Fluss gefallen sind, und hat es darauf angelegt, Kieselsteine reinzuwaschen. Schwäne lassen sich gern in ihrer Strömung treiben; im Herbst, wenn sie davonfliegen, hört das Fließen auf, auch die Krutinna wird zu Eis und gibt keinen Laut von sich.

In der kalten Jahreszeit verirren sich nur selten Besucher in ihre Abgeschiedenheit, Füchse und Hasen haben eine gute Zeit. Aber wenn wieder Wärme über das Land fällt, kommen die Fremden, um mit Booten den Fluss abzustaken.

Wir wollen zu Krystyna, sagen sie.

Ach, die Krystyna ist von vorgestern, bekommen sie zur Antwort. Hört nur, wie sie singt.

Sie singt gern, wenn sie mit dem Kahn unterwegs ist. Meistens traurige Lieder. Von Stenka Rasin, wie er über den Wolgastrom gefahren ist, und von den fünf weißen Schwänen, die einst fünf Mädchen waren. Wenn du sie bittest, singt sie das masurische Hochzeitslied. Auch das klingt traurig.

Krystyna wurde geboren in deutscher Zeit und getauft mit dem Wasser der Krutinna. Als der große Rumor übers Land kam und viele nach Westen flohen, blieb sie bei ihrem Fluss und wartete auf die Rückkehr der Geflohenen. Dreißig Jahre musste sie warten, bis die ersten Besucher kamen, um zu sehen, wohin die Krutinna fließt.

Soll ich euch staken?, fragt Krystyna die Fremden, die auf der Brücke stehen und ins Wasser schauen.

Was soll es denn kosten?

Ach, nuscht nich.

Sie lassen ihre Füße ins Wasser baumeln.

Aus der Krutinna kannst' trinken, das hat noch keinem geschadet. Aber besser ist die Flasche, die hat auch keinem geschadet, sagt sie und lacht.

Sie treibt die Stange in den sandigen Grund, der Kahn schlurft über Steine und Wurzelwerk, kleine Wellen schlagen ans Holz. An der großen Biegung stimmt Krystyna das Lied von der verlorenen Heimat an.

Ihr seid doch auch von hier?, fragt sie.

Bis zur Flucht lebten wir in Baranowen.

Und wo seid ihr jetzt zu Hause?

In einem Dorf der Lüneburger Heide, das keiner kennt.

Auf dem See wendet sie den Kahn und lässt ihn mit der Strömung flussabwärts treiben. Bevor sie das masurische Brautlied anstimmt, nimmt sie einen Schluck aus der Flasche.

Ich war auch mal eine Braut, sagt sie. Aber der Kerl trank zu viel. Nun ist er unter der Erde, und Krystyna muss allein trinken.

Was bist du für eine?, fragt ein Besucher.

Deutsch geboren, polnisch geheiratet, masurisch werd ich wohl sterben, antwortet sie und lacht. Is auch egal, Hauptsache, man is Mensch.

Einer Wandergruppe am Ufer ruft »Dzien Dobre«.

Sing uns das Masurenlied, Krystyna!

Erst Wodka trinken, dann singen, antwortet sie, nimmt wieder die Flasche aus dem Vorratskasten und winkt den Wanderern zu.

Weißt was, sagt sie geheimnisvoll. Auf der Krutinna brauchst keinen Führerschein und kannst auch keinen verlieren, egal wie viel du aus der Flasche trinkst.

Beim Aussteigen geben sie ihr einen Geldschein.

Das is mehr als nuscht nich, bemerkt sie und öffnet noch einmal die Flasche, jetzt für jeden.

Wir kommen wieder, Krystyna!

Weil so viele, die von Krystyna am Krutinnafluss gehört hatten, immer wieder kamen, wurde sie berühmt wie das masurische Wasser. Wenn sie stakte, verlangte sie nuscht nich, erhielt aber immer reichlich. Sie wurde nicht älter, ihre siebzig

Jahre merkte ihr keiner an. Nur legte sie öfter Pausen ein, ließ den Kahn treiben und spülte die Füße im Wasser, ihr Singen wurde leiser.
Für mein Leben hab ich genug gesungen, sagt sie. Meine Herrschaften!, ruft sie zum Abschied und zeigt zu einem Wäldchen an der Böschung. Wenn ihr wieder an die Krutinna kommt und Krystyna ist nicht da, nehmt eine Rose und legt sie hinter den Staketenzaun auf mein Grab.
Du wirst nicht sterben, antwortet ein Besucher. Eher trocknet die Krutinna aus.

Lange Kerle

Die Pest war über den Memelstrom nach Preußisch-Litauen gekommen und hatte die Hälfte der Bewohner hingerafft. Bauernhöfe und Dörfer waren verödet, niemand traute sich mehr aus dem Haus. In einem menschenleeren Land König sein, ist gerade so viel, wie nichts sein, dachte der Herrscher, der weitab von der Pest in Potsdam residierte. Er rief nach Kolonisten, die die verlassene Gegend besiedeln sollten. Den Ruf hörten auch die Mennoniten in der Weichselniederung, deren Gottvertrauen so groß war, dass sie sich vor dem Pestland nicht fürchteten. Sie kamen in großer Zahl, ließen sich zwischen den Flüssen Gilge und Ruß nieder; ihrem zentralen Ort gaben sie den Namen Kuckerneese.

Kaum hatten sie sich eingerichtet, erschienen als Abgesandte des Königs einige Werber, die lange Kerle für die Potsdamer Garde suchten. Fünf Mennonitenmänner, groß gewachsen, erregten ihre Aufmerksamkeit. Doch die Mennoniten beteuerten, der König habe ihnen Religionsfreiheit zugesichert, ihr Mennonitenglaube verbiete ihnen

das Soldatenhandwerk. Auch zahlten sie eine besondere Steuer für die Freistellung vom Soldatendienst.
Mit dem Soldatenhandwerk hätten sie nichts zu schaffen, versicherten die Werber, sie müssten nur vor den Potsdamer Schlössern Wache stehen und auf Paraden marschieren. Aber die Mennonitenmänner wollten lieber ihre Felder bestellen, das Gras mähen und in ihrer Gemeinde fromme Lieder singen, als unnütze Paraden abhalten. Da sie nicht freiwillig mitgingen, nahmen die Werber sie mit Polizeigewalt.
Nun kamen die Ältesten der Gemeinde zusammen, beratschlagten hin und her und setzten einen Brief auf an den allergnädigsten König, in dem sie um die Freilassung ihrer fünf Glaubensbrüder baten, weil sie nichts Unrechtes getan hatten. Der König geriet darüber so in Zorn, dass er die Ausweisung der Mennoniten aus Preußisch-Litauen befahl. Ich will solche Schelmennation nicht haben, die nicht Soldaten werden können, schrieb der Soldatenkönig in seinem Ausweisungsbefehl.
Also packten die Mennoniten ihre Habseligkeiten und wanderten zurück zu den Glaubensbrüdern an der Weichsel. Einige zogen auch weiter nach Holland, und als die russische Zarin ein Einladungsedikt schrieb, wanderten sie zu ihr in die Weite Russlands. Als man auch dort die Mennoniten zu den Soldaten zwingen wollte, gingen sie

auf die Schiffe und gründeten neue Kolonien in Amerika und Paraguay.
Nach dem Tode des Soldatenkönigs bestieg sein Sohn den Thron. Der brauchte keine langen Kerle. Er gab die fünf Männer frei und forderte die Mennoniten auf, nach Preußisch-Litauen zurückzukehren. Die Gegend zwischen Gilge und Ruß wurde ihnen wieder zur Heimat, und ihren jungen König nannten sie den Großen Friedrich.

Dichtertreffen

Als Ältester hatte er auf einem Treffen in seinem Geburtsort bestanden, weit oben am nördlichen Strom, wo die Schwäne litauisch singen, und Rombinus, der heilige Berg, den Fluss bewacht. Der 30. September, sein Geburtstag, den er noch einmal am Ort seiner Kindertage verbringen wollte, war ihm gerade recht, obwohl die anderen der weite Weg zum Ende der Welt, wie sie es nannten, etwas verdross. Aber es mochte keiner murren, denn Sudermann besaß dank seines Alters und eines mächtigen Bartes das größte Ansehen unter den Dichtern. Auch erinnerten sich viele noch der Dramen, die zu Kaisers Zeiten an allen deutschen Bühnen gespielt worden waren.

Eine Dichterin und zwei schreibende Männer, die bedeutendsten lebenden Poeten der Provinz, begaben sich auf die Reise in den Norden. Um das Memeltiefland zu erreichen, bedienten sie sich der Eisenbahn, des Fuhrwerks, hin und wieder auch kleiner Dampfboote. Die Dichterin erreichte die Mündung des Stromes per Schiff, weil sie, von Königsberg kommend, einen Abstecher zu ihren »Frauen von Nidden« unternommen hatte. Nachdem sie mit ihnen gesprochen und ihnen Trost gespendet hatte, brachte sie ein Kurenkahn über das Haff, wo der Jubilar sie an jener Stelle erwartete, an der seine »Reise nach Tilsit« ihr trauriges Ende gefunden hatte. Sie fuhren gemeinsam den Mündungsarm hinauf bis Heydekrug und lasen sich gegenseitig ihre Werke vor. Die Dichterin hatte gerade »Die Fahrt der sieben Ordensbrüder« in die Buchläden gebracht, ihr Gegenüber gab Kostproben seiner litauischen Geschichten zum Besten und deklamierte wiederholt den Anfang des Dramas »Johannisfeuer«. Neben dem bärtigen Mann wirkte die Dichterin recht jugendlich, obwohl sie die Vierzig schon überschritten hatte. Ihr ging der Ruf voraus, die »Mutter Ostpreußens« zu sein, obwohl sie außer einer Fülle von Balladen nichts Lebendiges auf die Welt gebracht hatte.

Als sie in Sudermanns Garten eintrafen, wartete der Dritte im Bunde schon auf sie. Er war von Königsberg gekommen, lustwandelte unter Apfelbäumen und blickte versonnen in die Wolken, die ihm und seiner Poesie gehörten. Er begann sogleich, vom einfachen Leben zu erzählen, das er keineswegs selbst in der Provinzhauptstadt führte, aber die Menschen in seinen Büchern führen ließ. In der Johannisburger Heide, wo sein Roman »Der Wald« spielte, der ihm einigen Ruhm eingetragen hatte, spürte er seine dichterische Verwurzelung.

Dort stand auch das Forsthaus seiner Jugendjahre, dem er herzlich zugetan war.
Fehlte noch der vierte Gast. Der hatte, von Berlin kommend, den weitesten Weg zurückzulegen. Wegen der Unbequemlichkeiten der Reise kam er mürrisch daher und gab zu verstehen, er wäre lieber in eine Königsberger Konditorei eingekehrt, von denen es in der Stadt so viele gab wie Buchläden in Leipzig. Der frühherbstliche Garten des Gastgebers, in dem es von Mücken und Sommerfliegen wimmelte, sagte ihm nicht zu. Nur ein gütiges Machtwort des Gastgebers ließ den nörgelnden Alten – immerhin war er der Zweitälteste der Runde – verstummen. Als Geburtstagsgeschenk trug er ein Gedicht vor, das niemand verstand.
Bei Kaffee und Tee saßen sie im Garten, sprachen über vergangene Werke und künftige Arbeiten. Die Dichterin verschaffte sich Gehör, indem sie nach jeder Tasse Tee eine ihrer Balladen vortrug, was die Männer hinnahmen, weil sie eine Frau und sogar eine Dichterin war. Das Pathos der Dame missfiel ihnen zwar, aber das mochte keiner sagen.
Der Gastgeber sprach, während er Kuchen in den Kaffee bröselte, von den Bemühungen, seine alten Dramen, die einst so erfolgreich gespielt worden waren, wieder auf die Bühne zu bringen. Besonders das Stück »Heimat« liege ihm am Herzen,

nur fehle in der Einsamkeit der Memelniederung das notwenige Personal, auch eine Bühne in richtiger Größe sei nicht aufzutreiben. Er argwöhnte, ein Titel wie »Heimat« sei verbraucht und müsste durch »Vaterland« ersetzt werden. Dem widersprach die Dichterin heftig. Heimat werde für alle Zeiten das schönste Wort der Poesie sein.
Der Zarte, der das einfache Leben in der Großstadt einzuführen gedachte, erzählte von den Mühen seines Schulalltages und dem Unglück, das er über Deutschland heraufziehen sah. Der Große Krieg liege gerade zehn Jahre zurück, da zögen schon neue Sturmwolken auf. Vielleicht sollten sie, die Dichter, dagegen anschreiben, um das Schlimmste zu verhüten. Wenn er nicht vom vergangenen Weltkrieg redete, vertiefte er sich in die masurische Wildnis und verwandte viel Mühe darauf, eine Namensverwechselung aus der Welt zu schaffen. Er sei nicht jener Richter-Dichter gleichen Namens, der in der Gegend von Insterburg sein Unwesen treibe. Im Übrigen, verkündete er, nun auch nach Berlin reisen zu wollen. Wer als Dichter wahrgenommen werden wolle, müsse das einfache Leben aufgeben und sich der Hauptstadt an den Hals werfen. In Berlin gebe es genug farbige Wolken und Poesie.
Der aus der Hauptstadt Angereiste mit der Gelehrtenbrille gehörte nur wegen seines ostpreußischen Geburtsortes zu der Runde. Er hatte die Geburts-

stadt Rastenburg schon früh verlassen und sich vorzugsweise in den Schluchten jener Großstadt herumgetrieben, in die der andere ziehen wollte. Auch war er in vielem, was er schrieb, nicht ganz verständlich, verstieg sich zu »Phantasus« und »Ignorabimus« und fand nur deshalb Aufnahme im bodenständigen Dichterkreis, weil er ständig von den Hühnern in Mohdrickers Garten sprach, die er in einem Gedicht besungen hatte. Er war 65 Jahre alt, wurde nicht müde, die deutsche Dichtung zu reformieren, hämmerte in seiner »Blechschmiede« auf kaltes Eisen und lobte diejenigen, die ihn zum fünften Mal für den Preis der Stockholmer Akademie vorgeschlagen hatten. Sollte der Vorschlag Erfolg haben, wäre er aller finanzieller Sorgen ledig und könnte der Dichterrunde eine Flasche Bärenfang spendieren.

Die beiden Ältesten sprachen über das Berliner Leben, das sie recht gut kannten. Auch ließen sie sich über die Apothekerkunst aus, denn der eine war vor seiner Dichterzeit Apothekerlehrling gewesen, der andere war in einer Apotheke aufgewachsen. Sie wussten, welche Medizin der Poesie guttat.

Als das einfache Leben bemerkte, ein gar nicht so unbekannter Schreiber habe Sudermann den Balzac des deutschen Ostens genannt, kehrte die Runde aus den Apotheken zur Dichtkunst zurück. Der Gastgeber spendierte einen Pillkaller.

Danach beratschlagten sie, wie sich der Dichterkreis erweitern ließe. Der nach Berlin emigrierte Rastenburger schlug vor, Thomas Mann einzuladen, der nach dem Erhalt eines großen Preises reich geworden war und sich in Nidden anzusiedeln gedachte, also auch in ihre Provinz gehörte. Die Mehrheit schüttelte darüber den Kopf. Er werde nicht kommen, selbst wenn man ihm ein komfortables Boot für die Fahrt übers Haff schicke, entschied die Dichterin. Der Mann sei arg abgehoben und wolle mit bodenständigen Dichtern, die festgefügt auf dem Grunde der Erde ruhten, nichts zu tun haben. Schließlich komme er nicht aus dieser Gegend, sondern vom anderen Ufer des baltischen Meeres, so dass ihm der Sinn für das Land der dunklen Wälder abgehe. Er wisse nicht einmal, wie ein Elch aussehe, und habe Ännchen von Tharau noch nie gesungen, sei überhaupt nur ein Poet für die großstädtischen Salons.
Wen sollten sie zu künftigen Treffen einladen? Johannes Bobrowski war schon geboren, lernte als Elfjähriger im Memelfluss gerade das Schwimmen und ahnte noch nichts von künftiger Größe, Simon Dach lag gar zu lange unter der Erde. Siegfried Lenz – keiner hatte diesen Namen je gehört – war gerade ein halbes Jahr alt und von jeder Dichtung weit entfernt. Lehndorff lebte schon, hatte aber die Grausamkeiten noch nicht erfahren, über die er schreiben wollte. Ein gewisser Kant aus

Königsberg kam nicht infrage, weil bei ihm stets und ständig der kategorische Imperativ zu befürchten war. E.T.A. Hoffmann wäre ein rechter Mann für ihre Tafelrunde gewesen, ebenso Max von Schenkendorf aus Tilsit, aber wer sollte die beiden aus der Erde graben? Es blieben nicht viele, und so beschlossen die vier, dass nur sie die wahren Repräsentanten jener Kultur sein konnten, die sich an der östlichen Grenze des Reiches ausgebreitet hatte. Der eine schlug vor, das nächste Treffen in Mohdrickers Garten zu veranstalten, doch die Mehrheit wählte einen Besuch im Mohrunger Haus des Johann Gottfried Herder, an dessen Denkmal sie einen Kranz niederlegen und feierlichen Gesang anstimmen wollten. Ihrem Dichtertreffen gaben sie den Namen Herderrunde.

Zu einer Zusammenkunft in Mohrungen oder Mohdrickers Garten kam es nicht mehr, weil die beiden Älteren bald verstarben, das einfache Leben seinen einsamen Weg durch die Wälder einschlug und die Dichterin als Mutter Ostpreußens zu den Wolken aufstieg. Immerhin bewirkten sie noch, dass der Alte Markt in Rastenburg den Namen Arno-Holz-Platz erhielt. Dass ein gewisser Kętrzyński, dessen Namen die Stadt in polnischer Zeit annahm, Arno Holz zum Ehrenbürger von Rastenburg ausrief, erfuhren die vier erst im Jenseits.

Der Eisfischer

In den Zwölften, wenn das Jahr dem Ende zulief und ein neues beginnen wollte, wenn eine dicke Eisschicht die Kurenkähne ans Ufer fesselte und frischer Fisch nur selten auf den Tisch kam, verlegte sich Jodileitis auf die Eisfischerei. Bei Anbruch des Tages ging er aufs Haff, schlug mit einer Axt ein Loch ins Eis und blieb dort bis Sonnenuntergang. Auf einem Schemel, den er selbst getischlert hatte, saß er vor dem Eisloch, die Füße in einem Sack vergraben, in dem ein geheizter Ziegel Wärme abstrahlte. Den Angelstiel schob er in den Stiefelschaft, rauchte Pfeife um Pfeife und nahm, wenn es ihm gar zu kalt wurde, einen Schluck aus der Buddel. Neben dem Schemel stand ein Eimer, in den er die Fische gab. Es waren nicht viele in dieser kalten Zeit, doch es reichte, um einen Tag in der Woche gebratenen Fisch auf dem Teller zu haben. Manchmal trug er die Fische in den Krug, wo in den Zwölften feine Leute einkehrten, die die verschneite Nehrung und das gefrorene Haff sehen und abwandern wollten. Sie aßen gern den kurischen Fisch.

Eines trüben Tages um die Mittagszeit hörte er

Glockengebimmel, so als käme eine herrschaftliche Kutsche über das Eis. Schon tauchte ein Schlitten auf aus diesiger Luft; keine 50 Schritte vor Jodileitis kam er zum Halten. Er sah vier Pferde, vorn saß ein Kutscher in Livree mit steif gefrorenen Ohren, hinter ihm eine Frau, eingemummelt in Decken und Pelze, neben ihr lugten Kinderköpfe aus wollenen Decken. Zwei Reiter begleiteten den Schlitten. Der eine kam zu Jodileitis und fragte, ob es noch mehr Eislöcher im Haff gebe. Er sei in Sorge, die Pferde könnten in ein Loch treten, sich ein Bein brechen und die Reise zu einem unglücklichen Ende führen.

Die von Pillkoppen schlagen auch Löcher ins Eis, sagte Jodileitis. Und die von Schwarzort fischen gern im Winter.

Er riet dazu, in der Mitte des Haffs zu fahren, da sei es sicherer, denn die meisten Fischer schlagen ihre Löcher nahe am Ufer, weil sich dort die Fische gern aufhalten.

Nachdem er das gesagt hatte, hielt Jodileitis es für angebracht, sich zu erheben, den Angelstock mit seinem Schemel zu beschweren, die Pfeife auszuklopfen und mit dem Eimerchen in der Hand übers Eis zum Schlitten zu gehen.

Es waren herrschaftliche Leute, die eine Schlittenfahrt über das Haff unternahmen. Das sah er an den goldenen Mantelknöpfen des Kutschers, an den stolzen Pferden, die es gewohnt waren, vor Kutschen zu gehen, und an der Frau, die ihn freundlich anlächelte und fragte, wie weit es bis Memel sei.

Drei Stunden, schätzte Jodileitis. Wenn ihr vor Dunkelheit eintreffen wollt, müsst ihr euch sputen.

Er nahm einen kleinen Fisch aus dem Eimer und schenkte ihn den Kindern. Die schreckten erst zurück vor dem zappelnden Wesen, dann lachten sie und streichelten den silbernen Fischleib. Der Kutscher hängte den Fisch an den Rücksitz. Da sollte er bis Memel baumeln und den Kindern Freude machen.

Die Frau erhob sich und reichte Jodileitis die Hand, eine schlanke, weiche Hand mit schönen Ringen. Er verbeugte sich tief, stand noch eine Weile auf dem Eis, bis der Schlitten im Dunst verschwunden war und er nur noch das Bimmeln der Glöckchen hörte. Ausgiebig kratzte er seinen Kopf, zündete die Pfeife an, nahm einen Schluck aus der Flasche und wanderte zurück zu seinem Eisloch. Die Fische meinten es gut mit ihm. Er fing reichlich und dachte, die schöne Frau, die ihm begegnet war und die er für eine gute Fee hielt, hätte ein Wort für ihn eingelegt. Bevor die Dunkelheit von der Memelmündung herüberzog, ging er ins Dorf und hatte Mühe, den vollen Eimer zu tragen. Dort traf er Leute, die schon alles wussten.

Unsere Königin ist auf der Flucht vor den Franzosen, sagten sie. Auf dem Weg nach Memel wird sie hier vorbeikommen.
Als Jodileitis das hörte, schaute er zum Haff in die Richtung, in die der Schlitten gefahren war. Dann verneigte er sich tief.

Der Domherr zu Frauenburg

Als er noch gut zu Fuß war, verließ er bei trockenem Wetter gelegentlich sein Studierzimmer im Turm, wanderte den Kirchberg abwärts zum Haff, um den Zug der Vögel zu beobachten. Es hieß, er spüre eine gewisse Verwandtschaft mit den gefiederten Schwärmen, die im Frühling kamen und im Herbst gingen und die ihre Zugbahn an den Gestirnen ausrichteten.

Kopernikus verkündete den Menschen, was die Vögel längst wussten: Die Sonne ist das Zentrum unserer Welt, nicht die Erde!

Das hörten viele nicht gern. Sie beschuldigten ihn der Ketzerei, einige forderten, er solle brennen oder widerrufen.

Es kamen Reisende, die den sonderbaren Menschen sehen wollten, der der Kirche zu Frauenburg diente und in diesem Dienst ihr altes Weltbild zerstörte. Begegneten sie ihm auf seinen Spaziergängen am Wasser, fragte der eine oder andere:

Bist du deutsch oder polnisch?

Ist die Sonne polnisch? Sind die Sterne deutsch?, soll Kopernikus geantwortet haben und lachend seiner Wege gegangen sein.

Er sprach Lateinisch, die weltumspannende Sprache seiner Zeit. Die Leute sagten, er verstehe keine andere Sprache, weder Deutsch noch Polnisch. Auch mit Dienstboten, Hunden und Katzen rede er Lateinisch.

Als er verstummte, begruben sie ihn im Dom mit Blick zum Wasser. Seine Bewunderer, die das Grabmal besuchten, hörten nicht auf, nach der Herkunft des großen Mannes zu fragen, jeder wollte sein Land mit dem Namen Kopernikus schmücken. Wen immer sie fragten, stets lautete die Antwort: Er war ein Lateiner.

Wie die Erde um die Sonne, so drehte sich auch die Weltgeschichte um sich selbst, verausgabte sich in Kriegen und Untergängen. Eines Tages kamen Uniformierte zu der Grabstätte, errichteten einen Stein mit der Inschrift: Kopernikus war ein Deutscher. Danach wallfahrten diejenigen zu dem Stein, denen Deutschsein etwas Heiliges war.

Schließlich erschienen andere Krieger, denen die Gestirne gleichgültig waren, die auch nicht wussten, was sie mit Gott, seinen Domen und Domherren anfangen sollten. Von den 370 Priestern und Ordensleuten, die dem Herrn im Jahre 1945 im Ermland dienten, töteten sie 53 und verschleppten 112 in die östliche Einöde. 20 flohen über das Meer nach Westen. Zurück blieben ein gottloses Land und der tote Kopernikus.

Danach kamen wieder Soldaten und Prälaten, die auf den Stein schrieben: Kopernikus war ein Pole. So ging es fort, bis ein neues Jahrhundert begann und die Weltgeschichte die richtige Inschrift fand: Kopernikus war ein großer Europäer.

Exulanten

Geboren in den Bergen, als in den Tälern noch Frieden herrschte. Die Eltern Lechleitner besaßen eine Wassermühle, deren Klappern den kleinen Julius vom Beginn seines Lebens an begleitete. Sie waren lutherischen Glaubens wie alle Bewohner des Tals und ließen ihren Sohn in diesem Glauben taufen. Als der Vater starb, übernahm Julius, gerade dem Kindesalter entwachsen, die Mühlenarbeit.

Das ging so lange gut, bis im Jahre 1731 ein großer Rumor entstand. Der Erzbischof versprach dem Heiligen Vater, das Salzburger Land zum wahren Glauben zurückzuführen und die lutherischen Ketzer, wenn sie sich nicht bekehrten, aus dem Land zu weisen. Er ließ in den Tälern der Lutherischen ein Emigrationspatent an die Bäume schlagen, das die Bewohner aufforderte, den katholischen Glauben anzunehmen oder das Land zu verlassen. Bald erschienen Dragoner des österreichischen Kaisers, ritten von Haus zu Haus und wiederholten den erzbischöflichen Befehl: Bekehren oder emigrieren! Wer keinen eigenen Grund besaß, sollte binnen acht Tagen gehen,

den anderen wurde Zeit bis zum nächsten Frühling gegeben.
Die Mutter weinte bitterlich. Sie wollte bleiben, weil im Salzburger Land die Gräber ihrer Eltern und ihres Mannes lagen. Ihren Sohn aber beschwor sie, er solle sich auf den Weg machen zu jenen Ländern, in denen die Freiheit des Christenmenschen noch blühte. Sie aber wollte um des lieben Friedens willen zum katholischen Glauben zurückkehren.
Die Kunde vom Auszug der Lutheraner verbreitete sich über alle Grenzen, sie erreichte auch jenen König, der in der Stadt Potsdam residierte. Er suchte Menschen, die seine von der Pest verwüsteten östlichen Provinzen besiedeln sollten. Hatte der Salzburger Erzbischof ein Emigrationspatent erlassen, verkündete jener König am 2. Februar 1732 ein Einladungspatent, das den Salzburger Exulanten Aufnahme im entlegensten Teil seines Königreiches anbot, in Preußisch-Litauen. Als diese Nachricht die Salzburger Berge erreichte, bestärkte sie viele, am Glauben festzuhalten und sich auf die Reise zu begeben, so auch Julius Lechleitner. Da er Pferd und Wagen seiner Mutter für die Mühlenarbeit lassen musste, gehörte er zu denen, die zu Fuß die Berge hinabliefen. Die lutherischen Prediger, die mit ihnen gingen, sprachen vom Auszug der Kinder Israels aus Ägypten und vom gelobten Land, in das sie kommen sollten. Wie dieses Land

Furcht davor war so groß, dass einige lieber in die Salzburger Berge zurückwandern wollten, als sich dieser Gefahr auszusetzen. Mit Zittern und Zagen betraten sie die Schiffe, konnten bald kein Land mehr erblicken, geschweige denn Berge. Als Wind aufkam, begann ein Jammern und Klagen. Viele krochen unter Deck und sangen fromme Lieder, bis der Wind Ruhe gab und sie nach einer Woche in den Hafen Pillau einlaufen konnten. Noch bevor das Schiff an der Mole festmachte, versammelten sich die Salzburger an Deck und sangen: Nun danket alle Gott.

In Pillau trugen sie die von Bord, die unterwegs gestorben waren. Sie begruben sie mit christlichem Beistand in einer sandigen Gegend, die die Einheimischen Samland nannten. Danach brachten Fuhrwerke die Exulanten in die Stadt Königsberg, die ihnen einen herzlichen Empfang bereitete. Chöre sangen zu ihren Ehren, und die Glocken der Kirchen läuteten ohne Unterlass.

Nun trennten sich ihre Wege. Julius Lechleitner schickten sie zu einem Flecken namens Gumbinnen, der im Osten der Provinz nahe der Grenze zum Zarenreich lag. Wassermühlen wie im Salzburgischen sah er keine, wohl aber begrüßten ihn Windmühlen, die wie Kirchtürme in den Himmel ragten. So groß kann der Unterschied zwischen der Kraft des Wassers und des Windes nicht sein, dachte er, als er über Land wanderte und vor einer

beschaffen war, wusste niemand. Einige sagten, es sei ohne Berge, aber voller großer Flüsse, ein flaches Land mit Blumen und Seen, über das ein warmer Wind streiche. Der Boden sei fruchtbar und lasse zwei Ernten im Jahr wachsen.
Bevor Julius Lechleitner sich mit Gleichgesinnten auf den Weg machte, feierten sie einen letzten Gottesdienst in ihrem Tal, sangen die lutherischen Lieder und beteten zu dem einen Gott, der sowohl den Lutherischen wie den Katholischen heilig war, es aber nicht vermocht hatte, die beiden Glaubensrichtungen so zu versöhnen, dass sie friedlich nebeneinander in einem Tal leben konnten. Nach dem Gottesdienst machten sich an die zweihundert Exulanten, darunter Frauen, Kinder und alte Leute, auf den Weg nach Norden. Ein fröhlicher Haufen war es nicht. Wenn sie sangen, klang es traurig, wenn sie beteten, klang es furchtsam, weil jeder daran denken musste, dass er die geliebten Berge nie wieder sehen werde.
Nach sieben Tagen erreichten sie den Donaustrom.
Der Fährmann fragte: Warum wollt ihr gehen?
Sie wollen uns unseren Herrn Jesus Christus nehmen, antwortete der Älteste der Gruppe.
Jesus Christus ist überall, den kann euch keiner nehmen oder geben, antwortete der Fährmann und stieß das Holz in das gurgelnde Wasser. Ich frage keinen, der übers Wasser will, welcher Religion er anhängt.

Drüben angekommen, wanderten sie weiter ins Württembergische. Sie hatten erfahren, dass dort lutherische Glaubensbrüder lebten, die ihnen Herberge geben konnten. Die katholischen Gegenden wollten sie meiden, weil dort die Exulanten nicht wohlgelitten waren. Die Katholischen gaben ihnen weder Unterkunft noch Nahrung, und am Wegesrand mussten sie sich den Spott der Kinder anhören. In Württemberg dagegen bereiteten die Lutherischen den Salzburgern ein Fest, gaben ihnen reichlich Speis und Trank und feierten gemeinsame Gottesdienste auf den Marktplätzen. Auch im Thüringischen, wo sie in der Residenzstadt Gotha biwakierten, wurden sie vom Herzog, einem treuen Freund Luthers, empfangen und mit Geschenken und guten Worten verabschiedet.
In Sachsen starben die Ersten, weil sie die Last der Reise nicht tragen konnten. Sie begruben sie unweit des Elbstromes, auf halber Strecke zwischen der alten Salzburger und der neuen preußischen Heimat. Im Ganzen, so rechneten sie später, sollen von den 15 500 Salzburgern 800 unterwegs gestorben sein. Gott habe sie selig.
Ein warmer Frühling begleitete ihre Wanderschaft. Neben den Straßen pflückten sie Kräuter und Beeren, aus den Bächen tranken sie frisches Wasser. Zum Schlafen legten sie sich in Scheunen und Ställe, die ihnen gute Christenmenschen bereitwillig öffneten. Eine Gruppe begab sich zum

Oderstrom, um mit Schiffen flussabwärts zu reisen und schließlich über See in das ihnen zugedachte Land zu kommen. Julius Lechleitner, der noch gut zu Fuß war, zog mit einer großen Schar ins Brandenburgische.

Dort wurden sie in Ehren empfangen. Der König hatte Reiter ausgesandt, die preußischen Neubürger an der Landesgrenze zu begrüßen und sie nach Berlin zu führen. Bevor sie die große Stadt erreichten, kehrten sie in Potsdam ein, wo der König gute Worte zu den neuen Landeskindern sprach.

In Berlin verweilten sie mehrere Tage, ruhten aus von den Strapazen und stärkten sich an der Gastfreundschaft der lutherischen Brüder. Danach ging es weiter in nördlicher Richtung, bis sie wieder einen Strom erreichten.

Wo kommt ihr her?, fragten die Fischer, die sie am Wasser trafen.

Aus dem Salzburgischen.

Die Gegend kannten sie nicht. Sie wussten aber, dass es nach Preußisch-Litauen noch ein weiter Weg war.

Hinter dem Oderstrom teilte sich der Zug. Diejenigen, die Pferd und Wagen besaßen, zogen durchs Pommernland zur Weichsel. Julius Lechleitner und die übrigen gelangten per Kahn in die Stadt Stettin nahe dem Meer. Dort warteten Schiffe auf sie, die sie ins gelobte Land bringen sollten. Ein solches Wasser hatten die meisten noch nie gesehen. Ihre

Mühle abseits des Weges stehen blieb. Ein Felsstein hielt die Mühlenflügel vertäut, im Dach gewahrte er ein mächtiges Loch, durch das der Regen tropfte, die Tür wurde vom Wind bewegt. Wie er sich das traurige Gebilde anschaute, trat ein alter Mann aus einer Hütte und fragte nach seinem Begehren.

Als er erfuhr, dass Julius Lechleitner den weiten Weg von den Bergen bis Preußisch-Litauen gewandert war, um hier Arbeit und Erwerb zu finden, schüttelte er traurig den Kopf.

In diesem wüsten Land wächst nur wenig, was sich mahlen lässt, sagte er. Meine Mühle steht die meiste Zeit still.

Der Alte bot ihm an, die Mühle zu kaufen. Er wollte kein Geld, nur das Versprechen, bis zum Ende seiner Tage in der Hütte neben der Mühle wohnen zu dürfen und mit Nahrung versorgt zu werden.

Julius Lechleitner schlug ein. Als er die Mühlenflügel von der Kette ließ und sie über ihm im Wind rauschten, sprach er ein Gebet.

Fürs Erste schlief er in der Mühle und arbeitete hart. Er ließ die Mühlenflügel bei jedem Wind drehen, damit alle Welt sehen konnte, dass in der alten Mühle wieder gemahlen wurde.

Nach dem ersten Sommer begab er sich in die Stadt, um eine Frau zu suchen. Er dachte an ein Mädchen, das er auf der langen Wanderung kennengelernt hatte und das mit einem Pferdefuhrwerk aus dem Salzburgischen heraufgekommen und in Gumbinnen eingekehrt war. Nach einigem Suchen und Fragen fand er Georgine, die als Waschfrau Arbeit gefunden hatte und bereit war, mit ihm in die einsame Mühle zu ziehen. Sie feierten die erste Salzburger Hochzeit in Preußisch-Litauen. Die lutherische Gemeinde stellte einen Wagen, der das junge Paar von der Kirche zur Mühle brachte. Dort arbeiteten sie hart. Bald wuchs im Land wieder so viel Korn, dass die Windmühlen reichlich Arbeit fanden. Fünf Kinder wurden ihnen geboren, die den Namen Lechleitner im Land verbreiteten. Die Mühle sah den Franzosenzug nach Russland und die traurige Rückkehr der Großen Armee. Als im ersten Großen Krieg die Kosaken einfielen, brannte die Mühle nieder, wurde aber wieder aufgebaut. Den zweiten Großen Krieg überlebte sie nicht. Die Lechleitners flohen vor dem Unheil, das aus dem Osten gekommen war, westwärts. Als die Welt sich beruhigt hatte und man in Frieden reisen konnte, fuhren einige in die Salzburger Berge.

Ostpreußische Feuersbrünste

Es brannte häufiger als in anderen Gegenden. Da die Menschen das Feuer über alle Maßen fürchteten, kam es dazu, dass ihre Furcht das Unheil anzog. Bei Gewitter beteten sie. Schlug der Blitz in hohe Tannen, bewunderten sie die Feuersäulen, die zum Himmel stiegen, und ängstigten sich sehr. Wenn Torfmoore brannten, lag es an den Moorgeistern, die im Übermut Schabernack anrichteten. Gingen Strohberge in Flammen auf, hatte Meister Urian seine Hand im Spiel. Suchte das Feuer einen Bauernhof heim, blieben tote Pferde und Kühe in der Asche zurück. Meidet das Feuer!, ermahnten die Eltern ihre Kinder und hielten sie von Herden und Öfen fern. Nicht einmal die Kerzen am Tannenbaum durften sie anzünden, schon gar nicht die Petroleumlampe. Zweimal im Jahr wurde dem Feuerteufel Raum gegeben: In der Mitsommernacht loderten Johannisfeuer auf den Bergen, im September brannten die Kartoffelfeuer auf den Feldern.

In den Städten suchte sich der Feuerteufel Speicher und Warenhäuser, um sein Unwesen zu treiben. Vor dem Franzosenzug nach Moskau brannte ein Königsberger Zuckerspeicher bis auf den Grund nieder, 33 Jahre später erfasste ein Feuer die Königsberger Speicherstadt. Im Jahre 1854 wurde die Stadt Memel ein Raub der Flammen, die Einwohner flohen vor dem Inferno auf die Kurische Nehrung. Da gab es Wasser genug. 1622 traf es Allenstein, 1788 wüteten die Flammen in Osterode, und in Preußens Unglücksjahr 1807 brannte die Stadt Rößel nieder.

Die größten Feuersbrünste entfachten die Kriege. Als die Tataren nach der Schlacht von Prostken in Preußen einfielen, brannten 13 Städte und 249 Dörfer.

Ihre Nachfahren, die 1914 ins Land kamen, spielten auch mit dem Feuer; schossen Windmühlen in Brand, vergingen sich an Pferdeställen und Scheunen, galoppierten durch brennende Kornfelder und legten in den Städten ganze Straßenzüge in Trümmer. Als sie nach zwei Schlachten abzogen, hinterließen sie graue Asche.

Auch der zweite Große Krieg sparte nicht mit dem Feuer. In zwei Augustnächten trugen Flugzeuge ihre Bombenlast übers Meer und setzten Königsberg in Brand. Die Bewohner flohen zu den Wiesen am Pregelfluss und sahen den Niedergang ihrer Stadt aus der Ferne. In jener Nacht fraß der Qualm den Mond, morgens wollte es nicht Tag werden. Viele verließen den grausigen Ort, um nie wiederzukehren. Damals gingen auch Schiffe in

Flammen auf und ließen den Fliehenden die Wahl zu verbrennen oder zu ertrinken.
Im April 1945 brannte das letzte große Feuer in Königsberg, angefacht von Flugzeugen, die 500 Tonnen Bomben in die schon zertrümmerte Stadt warfen. Als nichts Brennbares mehr übrig war, erloschen alle Feuer. Zurück blieben Ruinen.

Das achte Weltwunder

Es mag 300 Jahre her sein, als der russische Zar mit großem Gefolge den preußischen König in Potsdam besuchte. Die beiden Herrscher besichtigten das Berliner Schloss. Dabei kamen sie auch in den Raum, dessen Wände und Decken mit Bernstein getäfelt waren. Als der König bemerkte, wie sehr dem Zaren das Bernsteinzimmer gefiel, schenkte er es ihm. Als Gegengeschenk erbat er sich ein paar »lange Kerls« für die preußische Garde, die im großen russischen Reich wohl aufzutreiben sein müssten.

Nach der Abreise des Besuchers ließ der Preußenkönig die Bernsteinplatten in Kisten verpacken und schickte sie, bewacht von Dragonern, auf die Reise nach St. Petersburg. Die Wagen überquerten Oder und Weichsel, fuhren durch Preußisch-Litauen und kamen an den Stränden vorbei, wo der Bernstein vor Jahren gefunden worden war. An der Grenze empfing eine Abordnung des Zaren die kostbare Fracht. Im Gegenzug für die Bernsteinplatten wurde den preußischen Dragonern eine Kolonne »langer Kerls« übergeben, die der Zar in seiner Armee gefunden und zur Reise nach

Preußen befohlen hatte. Sie marschierten mit den Dragonern nach Potsdam, während das Bernsteinzimmer auf beschwerlichen Wegen an die Newa gelangte. Zunächst stellte der Zar es im Winterpalais aus, später überführte er es in sein Sommerschloss Zarskoje Selo vor den Toren der Stadt. An den Höfen Europas verbreitete sich die Kunde vom achten Weltwunder in der Stadt des Großen Peter.

Mehr als zwei Jahrhunderte blieb das Bernsteinzimmer in Zarskoje Selo. Napoleon hätte es gern in Paris zur Schau gestellt, doch eroberte er nur Moskau, nicht St. Petersburg. Auch die Oktoberrevolution ließ das achte Weltwunder unbehelligt. Bis ein neuer Krieg ausbrach, in dem das Bernsteinzimmer zwischen die Fronten geriet. Im September 1941 besetzten deutsche Soldaten Zarskoje Selo und waren vom Anblick des Bernsteinzimmers so geblendet, dass sie den Krieg vergaßen. Da zu befürchten war, das achte Weltwunder könnte bei den Kriegshandlungen Schaden nehmen und der Bernstein Feuer fangen, befahl ein General den Abbau der Bernsteinplatten. Sechs Soldaten und ein Unteroffizier, von Haus aus gute Handwerker, bewerkstelligten diese Arbeit, gaben den Bernstein in siebenundzwanzig Kisten, die sie auf einem Armeelastwagen verluden. Gesucht wurde ein sicherer Ort, an dem das Bernsteinzimmer unbehelligt den Krieg überdauern konnte. Sie

fanden ihn im ostpreußischen Königsberg, einer vom Krieg unberührten Stadt, nicht weit entfernt von den Stränden, an denen der Bernstein gefunden worden war.
Am 14. Oktober des Jahres 1941 verließ der Lastwagen Zarskoje Selo. Um die kostbare Fracht vor Luftangriffen zu schützen, fuhren die Soldaten nur nachts und erreichten im November die ostpreußische Hauptstadt, wo das Bernsteinzimmer im preußischen Krönungsschloss aufgebaut werden sollte. Bevor es dazu kam, schickten sie die Bernsteinplatten nach Palmnicken im Samland, dem Zentrum der Bernsteingewinnung, um die Schäden beseitigen zu lassen, die der Krieg und die beschwerliche Reise angerichtet hatten. Danach kamen die Kisten in den dritten Stock des Königsberger Schlosses, wo die gleichen Soldaten, die den Abbau bewerkstelligt hatten, nun den Aufbau vornahmen.
In einer Feierstunde am 5. Dezember 1941 wurde das Bernsteinzimmer der Öffentlichkeit zugänglich gemacht. Über die Eröffnungsfeier schrieben die Zeitungen, das Bernsteinzimmer sei heimgekehrt und werde für alle Ewigkeiten in der Hauptstadt des Bernsteinlandes bleiben. Da wussten sie noch nicht, wie kurz Ewigkeiten sein können. Die Königsberger Ewigkeit endete zweieinhalb Jahre später, als der Krieg an den Ort zurückkehrte, wo er begonnen hatte. Gelegentlich zeigten sich

Flugzeuge über der Stadt, von der Grenze her wehte Kanonendonner herüber. Es wurde Zeit, das Bernsteinzimmer wieder in Sicherheit zu bringen. Im Juli 1944 verpackten sie es in Kisten und brachten die Paneele in den Südflügel des Schlosses, der als der sicherste Platz in der Stadt angesehen wurde. Ganze fünf Wochen dauerte diese Sicherheit, dann setzten englische Bomber in zwei Nächten die Stadt und das Schloss in Brand.

Mit der Feuersbrunst verschwand das Bernsteinzimmer. Ein Gerücht ging um, die Kisten seien noch rechtzeitig vor dem Angriff auf freiem Felde im Samland vergraben worden, aber niemand kannte den Ort, an dem es geschehen sein sollte. Andere vermuteten, die Einlagerung der Platten sei in der Annagrube des Bernsteinwerkes von Palmnicken erfolgt, also an jener Stelle, wo der Bernstein ursprünglich gewonnen worden war. Wer im August 44 in der Stadt gelebt und den Feuersturm überlebt hatte, konnte nicht glauben, das achte Weltwunder habe der gewaltigen Hitze standgehalten. Das Harz der Vorzeit habe sich verflüssigt, meinten sie, es verbrannte mitsamt den Kisten und allen Inklusen im Südflügel des Schlosses. Am letzten Augusttag des Jahres 1944 ging die Ewigkeit zu Ende.

Und wieder vergingen Jahre um Jahre, bis ein neues Bernsteinzimmer entstehen konnte. Im alten Zarenschloss von Zarskoje Selo, das den Namen

Puschkin angenommen hatte, weihten sie das wiedererstandene achte Weltwunder ein. Während die Besucher nach Puschkin strömten, um das neue Werk zu bewundern, suchten andere immer noch nach dem alten Bernsteinzimmer. Hellseher vertieften sich in ihre Glaskugeln, Wahrsager verfolgten Spuren im Dünensand, andere gruben und gruben, ohne zu finden. Den Überlebenden des Feuersturms vom August 1944 ist es heute noch so, als rieche die Luft in Kaliningrad nach verbranntem Bernstein.

Der masurische König

In einem Unglücksjahr, in dem es von Juni bis September unaufhörlich regnete, wurde die masurische Seenplatte zum masurischen Meer. Getreide und Kartoffeln verfaulten ungeerntet auf den Feldern. Wo das Wiesengras schon zu Heuhaufen geschichtet war, schwemmte das Wasser die Ballen die Bäche hinab. Die Regenfluten ließen Flüsse und Seen über die Ufer treten, etliche Brücken stürzten ein. Das Vieh stand knietief im Wasser.

Die Masuren beteten morgens und abends, aber die Flut wollte nicht weichen. Da den Totengräbern das Wasser schon nach dem ersten Spatenstich entgegensprudelte, mussten die Masuren ihre Toten zu den Hügeln tragen und dort beerdigen. Bald stellte sich Hunger ein, weil das Wasser alles vernichtet hatte, was die Masuren essen wollten.

Die Kunde von der masurischen Flut erreichte mit reitenden Boten auch das ferne Potsdam, wo der König residierte. Als er hörte, was seinem Volk zugestoßen war, machte er sich auf den Weg, um seinen Untertanen beizustehen. Sie hatten großes Zutrauen zu ihrem König. Er wird Kanonen mitbringen und in die Regenwolken schießen oder einen Kanal öffnen lassen, damit das Wasser zum Meer abfließen kann. Wegen des anhaltenden Regens verzögerte sich allerdings die Ankunft des Herrschers. Die königliche Kutsche hatte Mühe, den in die Breite gegangenen Oderstrom zu überqueren, auch Weichsel und Nogat waren so mächtig angeschwollen, dass die Häuser am Ufer unter Wasser standen.

Als der König endlich eintraf, regnete es immer noch. Die Masuren ließen alles stehen und liegen, zogen hinauf zu der Stadt Rhein, in der der König eine Burg besaß, in der er zu residieren pflegte. Auf einer Anhöhe vor den Toren der Stadt versammelten sich Männer, Frauen und Kinder und vertrieben sich die Wartezeit mit dem Singen frommer Lieder. Es gelang ihnen, einige Feuer zu entzünden, an denen sie sich wärmen und die Kleidung trocknen konnten.

Eine Nacht und einen halben Tag brachten sie auf der Anhöhe zu, dann kündigte Hörnerklang die Ankunft der königlichen Kutsche an. Sie hielt unterhalb des Hügels, zwei Reiter preschten zu den Wartenden und verkündeten, der König wolle eine Abordnung ehrbarer Männer empfangen, um ihre Sorgen anzuhören. Während die Frauen auf dem Hügel weiter sangen, gingen zwölf bärtige Männer zum König. Der verließ seine Kutsche, und als die Männer vor ihm auf den Knien lagen, berührte er jeden mit seiner Hand. Er forderte sie auf, sich zu erheben, sprach von Gottvertrauen und fleißiger Arbeit. Gegen das Wetter könne er nichts ausrichten, er werde aber seinen Soldaten befehlen, die militärischen Magazine zu öffnen und Brot an die Hungernden zu verteilen. Nach diesem Versprechen fielen die zwölf Männer erneut auf die Knie. Auf dem Hügel sangen sie »Jesus meine Zuversicht«. Der König stieg in seine Kutsche und fuhr im Trab zur Burg von Rhein.

Am Abend des denkwürdigen Tages ging der Regen in ein leichtes Tröpfeln über. Auf dem Heimweg zu ihren Dörfern erblickten die Masuren eine Sonne, die glühend ins masurische Meer fiel.

Der Tote im Wald

Als die Schlacht sich dem Ende zuneigte, ging er, ohne Eile und in Gedanken versunken, in den Wald. Er verbat sich jede Begleitung, weil er allein sein wollte mit seinem Gott. Auf einem moosbedeckten Stein nahm er Platz, blickte zu den Baumwipfeln und den weißen Wolken, die in das Land zogen, aus dem er gekommen war. Er küsste das Amulett mit dem Bild seiner Frau, berührte kurz den Weißen Adlerorden an seiner Jacke, zog den Säbel und führte die Schneide an die Lippen. Nun legte er die Mütze auf den Waldboden, dann den entsicherten Revolver in die Mütze. Küsste wieder das Bild seiner Frau. Kein Schlachtenlärm störte ihn. Weit entfernt klapperten die Wagen der Fliehenden auf Willenberg zu, er hörte die Flüche der Soldaten. Leise sprach er ein Gebet, nahm den Revolver, führte das kalte Eisen an die Schläfe, drückte ab.

Zur gleichen Zeit schoss eine Kanone von den deutschen Linien her auf die Straße der Fliehenden.

Die Begleitung, die am Straßenrand gewartet hatte, schwärmte aus, konnte den Oberkommandierenden aber nicht finden. Später sagte man, sie hätten nicht gründlich genug gesucht, weil sie in Eile waren.

Am 30. August 1914 gregorianischer Kalenderrechnung starb Samsonow. Seine über die Grenze ins Polnische fliehenden Soldaten brachten dem Zaren die Nachricht, der Oberkommandierende sei im Kampf für das heilige Russland gefallen. Der Witwe wurde als Todestag der 17. August julianischer Zeit mitgeteilt. Sie glaubte bis zum Ende ihrer Tage, er sei nicht durch eine Kugel, sondern an gebrochenem Herzen gestorben, weil er eine Schlacht verloren hatte.

Als sie die Wälder nach der Schlacht durchsuchten und die Gefallenen dort bestatteten, wo sie gefunden wurden, erkannte ihn niemand. Monate später öffneten sie die verstreut liegenden Gräber, um die Toten auf Soldatenfriedhöfe umzubetten. Da sahen sie das Amulett am Hals des Toten. Als in St. Petersburg die Nachricht eintraf, der Verlierer der Schlacht von Tannenberg, den alle auf dem Grund eines masurischen Sees vermuteten, sei in einem Wald gefunden worden, bemühte sich die Witwe über die Fronten hinweg um die Überführung ihres Mannes. Im Jahre 1916 kam Samsonow zu ihr nach Hause. Im Wald aber, wo sie ihn gefunden hatten, errichteten die Masuren eine Pyramide und nannten sie Samsonow-Stein. Wenn späteres Unheil sie nicht zerstört hat, steht sie immer noch im masurischen Wald.

Der Teufelsberg

Wenn sich aus flachem Land plötzlich ein Berg 157 Meter hoch erhebt, hat das seine Bedeutung, sagen die Leute. Da hat der Teufel seinen Dreck abgeladen, heißt es. Oder einem Riesen fiel ein Sack mit Steinen von der Schulter. Den Kindern wurde verboten, am Berghang zu spielen oder im Winter Schlitten zu fahren, denn wo Teufel oder Riesen ihre Hand im Spiel haben, wartet das Unglück. Nur die Liebespaare ließen sich nicht davon abhalten, hinaufzuwandern, um erst über das Land und dann in die eigene Zukunft zu schauen. Im Osten sahen sie masurisches Land bis zur russischen Grenze, im Süden fiel ihr Blick auf das Wasser unzähliger Seen, der Norden verlor sich in endlosen Wäldern, und westwärts blickten sie über eine flache Gegend, die sich Bartener Land nannte. Wenn es endlich dunkel wurde, sahen sie gar nichts mehr und lagen allein unter unzähligen Sternen.

Als der erste Kanzler des Reiches starb, erhielt der Hügel eine neue Bedeutung. Die Bewohner des Städtchens am Fuß des Berges wollten ein Denkmal, eine Säule, einen Turm zu Ehren des

Davongeschiedenen errichten. Dafür war ihnen der höchste Aussichtspunkt in der Landschaft gerade hoch genug, symbolisierte er doch den Weitblick, der dem Verstorbenen zugesprochen wurde. Sie sammelten Spenden, veranstalteten Sommer- und Gartenfeste, deren Erlös sie für das Bauvorhaben bestimmten, ließen von den umliegenden Gütern Kies und Steine auf den Berg fahren und legten den Grundstein im Oktober des Jahres 1901; am 13.7.1902 weihten sie den Bismarckturm ein. Der Namensträger konnte der Feier nicht beiwohnen, weil er schon in die Ewigkeit eingegangen war. Der Teufelsberg war nun, den Turm mitgerechnet, um zwanzig Meter größer; von seiner erhabenen Höhe aus konnte der Eiserne Kanzler vieles überblicken. Neben dem Turm gestalteten sie einen lieblichen Garten, für Kinder gab es einen Spielplatz und für die Hungrigen und Durstigen einen Ausschank. Da es ihnen unpassend erschien, den Eisernen Kanzler mit dem Teufel zu verbinden, änderten sie auch den Namen, die Erhebung wurde zum Fürstenauer Berg ernannt. Dieser Name kam von dem Dorf Fürstenau auf der anderen Bergseite, passte aber auch gut zum Fürsten Bismarck. Jahr für Jahr zum Geburtstag des Kanzlers entzündeten sie ein Feuer auf dem Turm, dessen Schein bis Angerburg, Nordenburg und Rastenburg zu sehen war. Beim Johannisfest zum Sommeranfang ließ die Jugend feurige Tonnen den Berg hinabrollen.

Die Namensänderung mag dem Teufel nicht gefallen haben, denn als der Große Krieg ausbrach, ließ er eine Armee, die von Osten heraufzog, den Berg erstürmen. Die Kosaken konnten dem Turm wenig anhaben, ihn auch nicht anzünden, weil seine Steine nicht brannten. Sie benutzten ihn als Ausguck und zählten die Feuer, die im Land brannten und den Frontverlauf markierten. Neben dem Turm brachten sie Kanonen in Stellung, richteten die Rohre westwärts und feuerten über die kleine Stadt am Fuß des Berges hinweg ins Bartener Land. Einen Tag später beschossen deutsche Kanonen, wieder über das Städtchen hinweg, die russischen Verschanzungen auf dem Fürstenauer Berg. So ging es eine Weile hin und her, bis der Teufel Ruhe gab und der Krieg sich zu der Grenze hin verzog, von der er gekommen war. Die Stadtbewohner schafften die Gefallenen vom Berg und gaben ihnen ein ordentliches Begräbnis. Junge Leute, männlich und weiblich, zogen mit Schaufeln zum Berg und ebneten die Schützengräben ein.

Eine Kommission, die den Bismarckturm besichtigte, fand nur geringe Schäden. Der Turm konnte seiner gedachten Bestimmung zurückgegeben und dem Eisernen Kanzler zum 1. April 1915 wieder ein Feuer entzündet werden. Als die Fliegerei in Mode kam, erhielt der Turm ein Blinkfeuer, das den Flugzeugen den rechten Weg zeigen sollte.

Der Teufel gab Ruhe, bis 1941 wieder ein Krieg ausbrach. Nun erlosch das Blinkfeuer regelmäßig, wenn sich Flugzeuge aus dem Osten näherten. 1945 endete die Ewigkeit, die dem Eisernen Kanzler und seinem Turm zugedacht war. Die neuen Herren hatten für den Steinhaufen keine Verwendung.

Auf der Durchreise

Der alte Schutta hielt sich viel darauf zugute, in dem Flecken namens Drengfurt am Tage Christi Himmelfahrt auf die Welt gekommen zu sein. Er gedachte, wenn es denn sein musste, dort auch zu sterben. Schutta hatte aufregende Zeiten durchlebt seit jenem ersten Himmelfahrtstag, denn an Feuersbrünsten, durchgehenden Pferden, Stürzen vom Heufuder und Einbrüchen im Eis hatte es nicht gefehlt. Das bedeutendste Ereignis seines Lebens datierte er in das Jahr 1812, als ein mächtiger Herrscher in jener Gegend erschien, gerade nach Christi Himmelfahrt. Über ihn, sein Kommen und Gehen und die herrliche Schlacht von Belle Alliance, die ihm den Garaus machte, gab es viel zu erzählen. Jahr für Jahr berichtete Schutta den Kindern in der Schule und auf dem Marktplatz, was es mit dem Korsen auf sich hatte.

Die Stadt lag im Herzen der Provinz, an einen sanften Hügel gelehnt, hinter ihr begann die masurische Wildnis. Sie besaß einen viereckigen Marktplatz mit Brunnen und Rathaus, mittendrin eine Kirche, das höchste Bauwerk, das die Stadt zu bieten hatte. Drengfurt zählte, als Schutta geboren wurde, an die 1100 Seelen und war trotz dieser geringen Zahl früh zur Stadt erhoben worden. Auf Befehl des Korsen musste eine Militärstraße für die Kavallerie gebaut werden, die, von Barten kommend, die Stadt durchquerte und sich im Osten zur russischen Grenze hin verlor. Um Christi Himmelfahrt im Jahre 1812 bekam Drengfurt die erste Einquartierung. Mehrere Kürassierregimenter biwakierten vor und hinter der Stadt und verhielten sich alles in allem recht ordentlich. Ein Kavalleriecorps mit 60 000 Pferden passierte die Stadt und hinterließ so viele Pferdeäpfel, dass die Einwohner genug hatten für ihre Gärten. Ein Ärgernis war der Mangel an Futter. Wegen einer Missernte im Jahr zuvor waren alle Scheunen und Speicher leer, als die Kavalleristen kamen, die sich daran machten, die unreifen Getreidefelder zu mähen und an die Tiere zu verfüttern, damit eine neue Missernte heraufbeschwörend.

Es blieb dabei, dass nur Kavalleristen die Stadt passierten. Wären noch Infanteriekommandos gekommen, hätte es auch die Haustiere in den Ställen und die Gemüsegärten betroffen. Die Drengfurter bekamen Gelegenheit, Kaleschen zu bewundern, die hohe Generäle beförderten. Auch feine Damen befanden sich auf der Durchreise und winkten ihnen huldvoll zu.

Auf Befragen teilte Schutta mit, dem kleinen Napoleon nicht begegnet zu sein, was ihn auch nicht sonderlich schmerzte, denn nach allem Hören und Sagen war diese Person wenig ansehenswert.

Wer nach Osten marschiert, muss irgendwann aus dem Osten zurückkehren, erzählte Schutta den Schulkindern. Das geschah sechs Monate später im kalten Dezember. Auf dem Hinweg hoch zu Ross, nun zu Fuß im tiefen Schnee. Generäle, die mit Pomp und Gepränge nach Russland gezogen waren, liefen nun in Frauenröcken und Frauenpelzen über den Markt. Die meisten Soldaten hatten sich in Tierhäute gehüllt, besaßen frostrote Nasen, ihre Waffen hatten sie fortgeworfen. Einen Glanzpunkt gab es zu bestaunen, als der französische Minister für auswärtige Angelegenheiten die Stadt durchquerte. Der Herr eilte per Kutsche von Wilna nach Warschau, um wichtige Geschäfte zu erledigen. Er besaß einen Marstall mit achtzig schönen Reitpferden und fand eine halbe Stunde Zeit, in der Drengfurter Kirche ein Gebet zu sprechen, während über ihm die Glocken läuteten.

Am Tage nach Heilige-Drei-Könige ritten die ersten Kosaken ein. Da sie wussten, dass sich Preußen mit Russland gegen Napoleon verbündet hatte, benahmen sie sich nicht feindlich, sondern bezahlten, was sie requirierten. Sie trugen französische Silber- und Goldmünzen bei sich, die sie den in Russland umgekommenen Soldaten abgenommen hatten. Auf den Wiesen nach Salzbach zu überholten die

Kosaken einen Trupp zurückgebliebener Franzosen. Nachdem sie sie ausgeraubt hatten, schickten sie sie zurück in die Stadt, wo die Franzosen gefangen genommen wurden. Einige versteckten sich in der Vorstadt und blieben für immer in Drengfurt, so der schwarze François, der erst als Knecht auf dem Hof des Bauern Behrend arbeitete, dann seine Tochter heiratete, zum preußischen Bürger und Vater von vier Kindern wurde.
Zu bestaunen waren auch die Durchmärsche mehrerer russischer Kavallerieregimenter, schließlich der Jäger der Großfürstin Katharina. Nach ihrem Abzug kehrte Ruhe ein, das Kriegsgeschrei von der Katzbach und von Leipzig vernahmen sie nur aus der Ferne, die Schlacht von Belle Alliance vom Hörensagen. Drengfurt musste für die preußische Landwehr ein Kontingent von zehn Männern zum Kampf gegen Napoleon stellen. In grauleinenen Litewken mit roten Aufschlägen und Pumphosen verabschiedete die Stadt ihre Landwehrmänner im Frühling 1813. An ihren Mützen trugen sie ein weißblechernes Kreuz mit der Aufschrift: Mit Gott für König und Vaterland. Drei kamen nicht nach Hause zurück.

Das Treffen in Tilsit

Im Winter 1807 rumorte die Weltgeschichte heftig im nördlichen Preußen. Bei Eylau schlug sie eine Schlacht, deren Ausgang um ein Haar den Glauben an die Unbesiegbarkeit Napoleons ins Wanken gebracht hätte. Vier Monate später kam es bei Friedland zu einem erneuten Treffen, das den alten Glauben wieder befestigte. Napoleon kann nur im Sommer siegen, sagten die Alten. Im Winter schlottern den Franzosen die Beine.

Nach Friedland überschwemmten russische Reiter das Memelland, verfolgt von den Franzosen. Es hieß, Zar und Kaiser wollten sich am Memelstrom treffen, um den ewigen Frieden zu beschließen. Das preußische Königspaar sei auch eingeladen.

Das Treffen in Tilsit begann zur festgesetzten Zeit mitten im Sommer. Auf einem Schimmel reitend hielt Napoleon Einzug. Seinen Kopf schmückte ein dreizackiger Hut, an seiner Seite hing ein Degen. In den Dörfern, durch die er ritt, versammelten sich die Bewohner am Straßenrand. Schweigend zogen die Männer den Hut, die Frauen verneigten sich tief. Napoleon grüßte mit erhabener Geste vom Pferd herab. Von Dorf zu Dorf zog die herrliche Schar in bunten Uniformen ihren Weg, bis die Türme von Tilsit auftauchten. Dort sollte das Treffen zum ewigen Frieden stattfinden.

Tage vorher herrschte in der Stadt schon Gedränge. Vom Schlossberg blickten die Menschen ins Memeltal, das zu beiden Flussseiten überfüllt war mit kampierenden Soldaten. Auch vor der Stadtkirche, wo das preußische Königspaar erwartet wurde, versammelten sich viele Menschen. Während Napoleon unter Vivat-Rufen der Menge die Front seiner Garde abritt, saß auf der anderen Seite des Flusses vor einer Schenke der russische Zar und wunderte sich über die Begeisterungsrufe für den Korsen. Dergleichen kannte er nur von den großen Aufzügen in Moskau oder St. Petersburg. Mitten im Strom schwamm ein Floß, das von mächtigen Tauen gehalten wurde und in der Strömung leicht schaukelte. Birkenreiser und die Initialen N und A schmückten es, auch flatterten bunte Fahnen vor einem Pavillon, der auf dem Floß errichtet worden war. Das Ganze glich einer Bühne, auf der ein Theaterstück mit Harlekin und feinen Damen gegeben werden sollte. An jedem Ufer lag ein Boot bereit, das die Herrscher zur gleichen Zeit bestiegen. Kräftige Fährmänner steuerten die Boote zum Floß hinüber. Napoleon erreichte es als Erster, stieg aus, ging zur anderen Seite, wo das Boot des Zaren anlegte. Die beiden Herrscher reichten sich auf schwankendem Holz die Hand, grüßten zu den Ufern, bevor sie sich in den Pavillon zurückzogen, um auf gepolsterten Stühlen über Krieg und Frieden zu sprechen. Vergeblich wartete die Menge auf das preußische Herrscherpaar, bis sich die Kunde verbreitete: Wer Jena und Auerstedt verloren hat, darf nicht erwarten, mit den Großen an einem Tisch zu sitzen.

An die zwei Stunden verbrachten Napoleon und Alexander im Pavillon, tranken französischen Wein und aßen erlesene Speisen. Am Ende beschlossen sie einen Frieden, der ewig halten sollte. Als sie das Zelt verließen, grüßten sie das Volk, Jubelrufe ertönten, Fahnen flatterten im Wind, und Böllerschüsse verkündeten den guten Ausgang des Kaisertreffens von Tilsit. Dem Volk in der Stadt, deren Häuser mit französischen, russischen und preußischen Fahnen geschmückt waren, wurde ein Festessen gegeben. Russische und französische Bataillone trafen sich auf einem Platz zu einem gemeinsamen Festmahl. Die Soldaten sangen Lieder, Kosaken erfreuten die Zuschauer mit einem Säbeltanz, die Glocken der Stadt läuteten ohne Unterlass.

Auf Drängen des Zaren bequemte sich Napoleon, den preußischen König doch noch zu empfangen. Auch Königin Luise durfte eine Viertelstunde in Napoleons Gemächern zubringen. Gesprochen wurde Belangloses.

Nach dem großen Auftritt kehrte Stille ein im

Memelland. Die Herrscher zogen mit ihren Soldaten zu neuen Abenteuern in die Welt, der Strom floss ruhig seine Bahn von Ost nach West und trug Holz, Gestrüpp und allerlei Unrat, den sie in Russland hineingeworfen hatten, mit sich zum Meer. Fische sprangen, Enten wasserten, Schwäne bauten ihre Nester, Wildgänse fielen ein, um auszuruhen auf ihrem langen Weg nach Karelien. Zurück blieb ein friedliches Land mit einem friedlichen Strom.

Napoleon und Zar Alexander galten nach dem Treffen von Tilsit als die bedeutendsten Herrscher Europas. Ihr ewiger Frieden währte fünf Jahre.

Der feine Herr Murat

Auch in traurigen Zeiten trug er goldbestückte Kleider, Perücken mit langen Locken und silberbeschlagene Reitstiefel. Er hätte gut und gern im Zirkus auftreten können, aber derartige Vergnügungen waren in jenem kalten Winter nicht gefragt. Napoleons verwegenster Reitergeneral floh im Dezember 1812 aus Wilna, das er um jeden Preis hatte halten sollen, und gelangte nach Königsberg. Dort residierte er im Schloss, wie es einem Statthalter Napoleons zukam. Um der arg dezimierten Armee neue Kräfte zuzuführen, ließ Murat Rekruten ausheben. An die 500 junge preußische Männer trafen sich am Neujahrsmorgen – noch immer herrschte grimmige Kälte – auf dem Königsberger Schlossplatz, wo sie auf den Kaiser vereidigt werden sollten. Murat lehnte am Fenster und beobachtete die Zeremonie. Ein Korporal schritt die Reihen ab. Weil einer der Rekruten etwas schief stand, trat ihm der Korporal so heftig in den Unterleib, dass der Junge ohnmächtig zusammenbrach. Darauf erhob sich ein Geschrei. Die Rekruten rotteten sich zusammen, schlugen auf den Korporal ein, bis er tot war. Murat, der alles mit angesehen hatte, ließ seine Truppen alarmieren, um den aufständischen Haufen zusammenschießen zu lassen. Als seine Soldaten zu murren begannen, verließ den tapfersten aller Generäle der Mut. Eiligst reiste er aus Königsberg ab und bezog in dem friedlicheren Elbing ein neues Quartier, wo er weiter seine herrlichen Gewänder ausführen konnte.

Gestohlene Ehre

In ferner Zeit, als die Bettler noch Könige und die Diebe gute Menschen waren, rühmte sich das Städtchen Marggrabowa des größten Marktplatzes im Preußenland. Pferdehändler und Marktfrauen kamen von weither, um stolze Rosse und Weihnachtsgänse zu verhandeln. Karauschen schwammen in Wasserfässern und braune Pilzkes wurden aus den masurischen Wäldern zum Markt getragen.

In Marggrabowa geschah es, dass ein feiner Herr, den niemand kannte, gemächlich über den belebten Marktplatz schlenderte. Jeder nahm ihn wahr, weil er stark herausgeputzt erschien und einen süßlichen Duft verbreitete, mit dem er gegen die starken Gerüche des Marktes bestehen wollte. Sie hielten ihn für einen, der aus Berlin oder Königsberg angereist war und sich für einen Tag ins Masurische verirrt hatte. Ein silbernes Spazierstöckchen begleitete ihn. Damit pochte er hier auf einen gelben Kürbis, ärgerte dort einen Ziegenbock und drohte den Jungs, wenn sie ihm nachriefen. Er warf einen prüfenden Blick auf braune Hühner, hielt seine Nase über einen Eimer reifer

Blaubeeren und begutachtete runde Käselaiber, die auf einem Holzbrett auslagen. Bei dem Käsemadamche geschah das Malheur, das die Marggrabower noch lange beschäftigen sollte. Bräsig saß die Frau hinter ihren Käserädern und beschrieb die guten schwarzweißen Kühe, die die Milch für den Käse gegeben hatten, erzählte auch von den Käsern, die aus den Schweizer Bergen herabgestiegen waren, um die Käsekunst im Masurischen heimisch zu machen. Jedem, der danach verlangte, schnitt sie ein Stremelchen Käse zum Probieren ab. Der feine Herr nahm auch ein Stück, steckte es in den Mund, fand den Geschmack aber doch so streng, dass er sich die Frage erlaubte, ob der Käse von einem alten Ziegenbock käme.

Aber Herrche, wie soll ein Ziegenbock Käse machen?, rief die Frau empört.

Der Mann legte das angebissene Stück zurück auf das Holzbrett. Ihm sei nicht nach Käse zumute, sagte er. Außerdem vertrage sich der Käsegeruch nicht mit seinem Parfum. Er müsse nun dringend Mund und Hände waschen.

Das Käsemadamche blickte ihn traurig an.

Da zog er seine Geldbörse aus der Tasche und schenkte der Frau eine Münze. Die besah das Stück von allen Seiten, erhob sich in ganzer Größe und Breite, stemmte beide Fäuste in die Seiten und äußerte sich so: Wie kannst du Lachudder dich erdreisten, meinen herrlichen Käse zu verweigern und mir einen Dittchen hinzuschmeißen wie einem Pracher?!

Auf den Lärm hin versammelte sich eine Menschenmenge um den Käsestand. Der feine Herr mochte weiter nichts davon hören und ging seiner Wege. Nur so viel vernahm er im Weggehen: Die Frau erklärte den Umstehenden, sie sei bestohlen worden.

Der feine Herr ging schneller.

Als er sich umschaute, sah er, dass das Käsemadamche ihm folgte, mit ihm eine Schar Marktfrauen.

Haltet den Dieb!, riefen einige.

Drei Männer, groß wie Windmühlenflügel, stellten sich ihm in den Weg.

Was habe ich denn gestohlen, gute Frau?, fragte der feine Herr das Käsemadamche.

Meine Ehre, Herrchen. Weiter nichts als meine Ehre.

Er zückte wieder die Geldbörse, wollte eine weitere Münze spendieren, aber bevor es dazu kam, warf sie ihm ein Käsestück gegen das schöne weiße Hemd.

Die Umstehenden klatschten Beifall.

Erhobenen Hauptes ging sie zurück zu ihrem Käsestand, um ihren guten Käse auszurufen. Es kamen viele, die weiter nichts als Käse kaufen und die Ehre zurückbringen wollten, die ein Fremder gestohlen hatte.

Über die Grenze

Ein kleiner Graben nur grenzte das masurische Land von Polen ab, so schmal, dass Pferde und Menschen die Grenze mühelos überspringen konnten. Zu beiden Seiten verlief ein Trampelpfad, auf dem die Zöllner und Grenzwächter spazieren gingen, polnische Flüche austauschten und den Schmugglern zeigten, dass sie noch da waren. Es war eine friedliche Grenze, an der Füchse und Hasen sich gute Nacht sagten und die Schmuggler ungestört ihren Geschäften nachgehen konnten.

Im Sommer des Jahres 1920 breitete sich südlich der Grenze Unruhe aus. Eine Schlacht tobte im Polnischen, deren Lärm bis an die Grenze drang. Wie immer ging es hin und her, bis eine Seite die Oberhand gewann und die andere die Flucht ergriff. Den Fliehenden, die zurück nach Russland wollten, kam der so leicht zu überspringende Grenzgraben gerade recht. Sie überquerten das Grenzhindernis, trieben ihre Pferde in die Wälder und ließen sich von masurischen Gendarmen gefangen nehmen. Während die Gefangenen ins Lager marschierten, trabten ihre Pferde herrenlos über Dorfstraßen, verwüsteten Rübenfelder, durchschwammen Seen, standen wiehernd vor Hofeinfahrten und konnten den Weg nach Hause nicht finden. Anfangs kam den Masuren diese Unruhe ungelegen, aber dann machten sie Jagd auf die Kosakenpferde, nicht um sie zu schlachten, sondern um sie für die Arbeit abzurichten. Doch die Tiere waren so an den Krieg gewöhnt, dass sie wenig Neigung spürten, vor dem Pflug zu gehen oder Baumstämme aus dem Wald zu ziehen. Schon erwogen die Masuren, die Tiere doch noch in die Pferdeschlachterei zu geben und das Fleisch in die Städte zu liefern, als von höherer Stelle der Befehl kam, die Pferde einzusammeln und zum Marktplatz von Marggrabowa zu bringen. Dort wurde den gefangenen Kosaken gestattet, ohne Waffen nur mit ihren Pferden nach Russland zu reiten. Zuvor mussten sie versprechen, nie mehr ins masurische Land einzufallen. Dieses Versprechen haben sie fünfundzwanzig Jahre gehalten.

Die vielen Schlachten

Große Schätze waren nicht zu gewinnen, die tausend Seen brauchte niemand zu erobern, den Sand der Nehrungen und die Wälder auch nicht. Trotzdem schlug die Geschichte in der Gegend unzählige Schlachten. Kluge Leute sprachen von der Grenze des Abendlandes zum wilden Osten, die verteidigt, befestigt, erweitert werden musste. An solchen Grenzen rumorte es häufig. Die Alten meinten, das vergossene Blut hätte die Erde fruchtbar werden lassen.

Die graue Vorzeit, die wahrlich genug Blut vergossen hat, steht nicht in den Büchern, wir kennen sie nur vom Hörensagen. Beginnen sollten wir mit Tannenberg. Es gab die Schlacht zweimal im Abstand von einem halben Jahrtausend. Die erste geschah am 15. Juli 1410 und wird heute unter dem Namen Grunwald in Polen und Litauen gefeiert. Ein gemeinsames Heer des polnischen Königs und des litauischen Großfürsten, an die 40 000 Mann stark, trieb den Ritterorden mit 27 000 Kämpfern in die masurischen Sümpfe. Der Hochmeister wurde erschlagen, seine Getreuen konnten ihn noch in die Marienburg überführen, während

die übrigen Toten der Schlacht in Massengräbern oder auf dem Grund der Seen ihre Ruhe fanden. Noch heute werden gelegentlich Helme, Lanzen und Knochen von 1410 ausgegraben.
Die zweite Schlacht ereignete sich im August 1914, als die russische Narew-Armee in den masurischen Seen unterging und die Sieger ein gewaltiges Denkmal errichteten, das 20 Jahre nach seiner Erbauung in Schutt und Asche fiel. Geblieben ist ein Grunwalddenkmal, während der Name Tannenberg nur noch in den Geschichtsbüchern vorkommt.
Zu den blutigen Kapiteln zählt auch die Schlacht von Prostken. Im Herbst 1656 fielen die Tataren in Masuren ein und blieben dort ein halbes Jahr. Während ihrer Herrschaft brannten sie 13 Städte, 249 Dörfer und 37 Kirchen nieder, erschlugen 23 000 Menschen und verschleppten 34 000 in die Tatarei. Seitdem gibt es eine ständige Furcht vor allem, das aus dem Osten kommt, seien es Tataren, Kosaken oder die Pest.
20 Jahre nach den asiatischen Reitern besetzte ein schwedisches Heer, von Livland kommend, den Norden der Provinz bis hin zum Pregelfluss und belagerte Königsberg. Der preußische Kurfürst, den sie später den »Großen« nennen sollten, eilte mit 10 000 Mann herbei, überquerte mit Schlitten erst das Frische Haff, dann das Kurische Haff und trieb die Schweden, die von so viel Unvernunft,

mitten im Winter Krieg zu führen, völlig überrascht wurden, aus seinem Land.
Kaum der Rede wert war der Einfall einer Zarenarmee während des Siebenjährigen Krieges 1758. Da der preußische König anderweitig beschäftigt war, kam es zu keinen größeren Kämpfen. Die Eroberer zogen unbehelligt in Königsberg ein, ließen sich von den ostpreußischen Ständen huldigen und veranstalteten Bälle für die Königsberger Damen. Der Russeneinfall von 1758 führte zu den geringsten Verwüstungen aller Kriege im Osten. 1762 verließen die Russen Ostpreußen, ohne größeren Schaden angerichtet zu haben.
Bei seinen Kriegszügen durch Europa gelangte Napoleon im Februar 1807 zu dem Städtchen Eylau. Dort stellte sich ihm eine russisch-preußische Armee entgegen, die ihn zwang, im Winter eine Schlacht zu schlagen. Von einem Kirchturm aus verfolgte der Herrscher den Verlauf der Schlacht und musste mit Schrecken ansehen, dass seine Truppen, die Schlachten in schneebedeckter Landschaft nicht gewohnt waren, in Bedrängnis gerieten. Nur eine Attacke von über 10 000 Muratschen Reitern, die größte Kavallerieschlacht der Geschichte, wendete das Blatt zu Napoleons Gunsten. Das Treffen von Eylau ging unentschieden aus. Damit der Nimbus der Unbesiegbarkeit Napoleons nicht ins Wanken geriet, wurde daraus ein Sieg gedeutet. Eylau kostete 10 000 französi-

schen und 15 000 russisch-preußischen Kriegern das Leben. Als sie Napoleon die Verlustzahlen meldeten, bemerkte er: Eine Nacht in Paris macht alles wieder gut.
Vier Monate später – nun aber im Sommer – war das Städtchen Friedland am Alle-Fluss Ort einer Schlacht. Wie der Name sagt, ein friedlicher Flecken, aber doch bedeckt mit 20 000 toten Russen und 8000 toten Franzosen. Die Bauern, die an der Alle Heu ernteten, sahen die Toten den Fluss hinab zum Pregel schwimmen. Als sie die Ostsee erreichten, trennten sich ihre Wege. Die einen zog es hinauf zum Finnischen Meerbusen und St. Petersburg, die anderen hinab zur Stadt Danzig. Der Schlacht von Friedland folgte der Frieden von Tilsit, ein Frieden von kurzer Dauer.
Zu erwähnen sind noch die beiden Riesenaufmärsche, die die Provinz erlebte. Im Juni 1812 sammelte Napoleon eine halbe Million Soldaten am Memelstrom, um nach Borodino und Moskau zu ziehen. 129 Jahre später, wieder im Juni, schickte ein zweiter Imperator Hunderttausende in die ostpreußischen Wälder zum Angriff auf Russland.
Nach der Tannenbergschlacht von 1914 wühlte die masurische Winterschlacht im Februar 1915 den Teil Masurens auf, der vor 250 Jahren von den Tataren verwüstet worden war. Die russischen Armeen verließen Ostpreußen und kehrten erst im Januar 1945 zurück. Wie viele Häuser, Kirchen

und Bauernhöfe dabei in Flammen aufgingen, wie viele russische und deutsche Soldaten, Frauen, Kinder und alte Leute im ersten Halbjahr 1945 in die ostpreußische Erde kamen, wie viele im Meer untergingen und von den Flüssen hinausgespült wurden, hat niemand gezählt. Zurück blieb ein verwüstetes Land.

Tannenberge

Als Gerhard Geidies noch ein Schuljunge war, unternahm Lehrer Kahlo mit den Kindern einen Ausflug in eine Gegend, die er »Masurische Wildnis« nannte. Es gab da mehrere Seen und Sümpfe, umgeben von Tannenwäldern, aber keine Erhebung, von der aus sie über das Land schauen konnten und die den Namen Berg verdient hätte. Kahlo erzählte ihnen von Bären und Wölfen, die hier gehaust hatten, die aber über die Grenzen nach Osten getrieben worden seien und niemanden mehr ängstigten. Die Kinder sammelten blaue Beeren und braune Pilze. Sie wären gerne in einen See gesprungen, doch Kahlo verbot es, weil im Wasser zu große Gefahren lauerten. Welcher Art die Gefahren waren, sagte er nicht. Am Nachmittag fanden sie im moorigen Grund am Seeufer ein Stück Metall, das sie ans Licht zogen und an einen Ast hängten. Kahlo meinte, es käme aus sehr fernen Zeiten, als in der Masurischen Wildnis noch Schlachten geschlagen wurden, und ordnete das Blechstück einer Ritterrüstung zu. Der Träger der Rüstung sei im Kampfe vom Pferd gefallen und liege tief unten im

Sumpf. Sie markierten die Stelle mit einem Pfahl und nahmen das Metallstück mit in die Schule, wo Lehrer Kahlo es neben der Wandtafel ausstellte. Bald kamen kluge Männer aus der Stadt, die das Metall von allen Seiten abklopften. Sie gaben ihm ein Alter von fünfhundert Jahren und nahmen es mit nach Marienburg, wo sie es aushängten und folgenden Text darunterschrieben:

Ritterrüstung der Schlacht von Tannenberg
(Grunwald) 1410

Zugleich befahlen die Männer, weiter an der Stelle zu graben, an der sie das Metallstück gefunden hatten. Vielleicht lägen dort noch die Knochen des toten Ritters, die sie bergen und würdig bestatten wollten. Sie gruben und gruben, fanden aber nichts; die Rüstung hatte die Knochen des toten Ritters überdauert.
Durch die Erdarbeiten war ein ansehnlicher Hügel entstanden, auf den sie ein Kreuz setzten und Tannenbäume pflanzten. Einmal im Jahr zog Kahlo mit den Schulkindern in den Wald zum Tannenberg, wie sie den Hügel nannten. Er erzählte von der Schlacht vor fünfhundert Jahren, in der die Ritter gegen Polen und Litauer unterlagen, weil sie eine gar zu schwere Rüstung trugen. Die Sieger sprachen von der Schlacht bei Grunwald, den Verlierern hatte es die Sprache verschlagen. Es werde

Zeit, die Schmach von Grunwald zu tilgen, meinte Kahlo.

Dazu fand sich Gelegenheit, als im August 1914 eine russische Armee die Stille Masurens störte. Die Soldaten des Zaren zogen am Tannenberg vorbei, durchquerten den Flecken Hohenstein und eroberten die Stadt Allenstein. Gerhard Geidies stand mit anderen Schulkindern am Straßenrand und staunte über die Kosaken, die mit Uräh-Geschrei vorüberpreschten. Bald ertönte Kanonendonner, deutsche Landsturmmänner trieben die Eindringlinge zurück, und die Schulkinder bekamen Gelegenheit, nun der anderen Seite zuzuwinken.

Keine zwei Wochen dauerte die Aufregung, dann kehrte wieder Stille ein. Trotzdem blieb es in den Wäldern nicht geheuer. Weggeworfene Flinten, Koppelschlösser und Stahlhelme lagen herum, ab und zu Stiefel, die genug gelaufen waren. Hier ein toter Soldat, da ein toter Soldat, hier ein russisches Birkenkreuz, da ein deutsches Kreuz. Geht nicht in den Wald, da liegen die Toten, sagten die Mütter zu ihren Kindern. Auch zerbrochene Leiterwagen und tote Pferde lagen herum, all das Gerümpel, das große Schlachten mit sich bringen. Da die Schlacht in der Nähe des Hügels stattgefunden hatte, der dem toten Ritter errichtet worden war, gaben sie ihr den Namen Tannenberg.

Obwohl der Kriegslärm verstummt war, blieb es

unruhig. Monate nach der Schlacht sammelten sie die Toten aus Wäldern, Sümpfen und Seen und brachten sie mit Pferdefuhrwerken zu den Soldatenfriedhöfen, Deutsche und Russen gemeinsam, als wären es Brüder.
Lehrer Kahlo besuchte mit den Schulkindern jene Stelle im Wald, an der der russische Oberbefehlshaber Samsonow sich die Kugel gegeben hatte. Dort brachten sie Heilrufe auf den Sieger Hindenburg aus, sangen patriotische Lieder und jagten die Russen noch einmal in die Sümpfe. Die Alten erzählten zur Schimmerstunde von der Flucht der Russen nach der verlorenen Schlacht und den Sturmschritten preußischer Landwehrmänner. Sie wussten, wo der General Ludendorff um ein Haar auf offener Chaussee mit dem russischen General Samsonow zusammengetroffen war und dass nur ein schweres Gewitter die Begegnung verhindert hatte. Auch erzählten sie von Gasthäusern, die damit prahlten, Hindenburg ein Mittagessen serviert zu haben.
Gerhards Vater war es nicht vergönnt, an der Schlacht von Tannenberg teilzunehmen. Er zog mit dem deutschen Heer nach Frankreich, wurde bei Verdun verwundet und kehrte humpelnd nach Masuren zurück. Wenn die Leute von den Heldentaten bei Tannenberg erzählten, ging er schweigend aus dem Haus. Er weigerte sich auch, das Schlachtfeld zu besuchen.

Den Schulkindern erzählte Lehrer Kahlo, die edlen Ritter hätten sich aus ihren Gräbern erhoben und seien stolz über das Schlachtfeld geritten. Nach 500 Jahren hatten sie endlich gesiegt.

Auf so geschichtsträchtigem Boden musste ein Denkmal errichtet werden. Aus der ganzen Provinz kamen Pferdewagen, die Steine, Bauholz und Lehm brachten. Nach der Schule lief Gerhard mit anderen Kindern zur Baustelle, um zu sehen, wie die Türme in den Himmel wuchsen. Ein Rundbau mit acht Türmen, stolz und trotzig aufs masurische Land gesetzt, eine Erinnerung an die neue, die siegreiche Schlacht. Gerhards Vater, der schwer verwundet aus Flandern zurückgekehrt war, hielt nichts von dem Koloss.

Auch dieses Bauwerk wird eines Tages untergehen, sagte er. Es gibt keine siegreichen Schlachten, einer verliert immer.

Die Einweihung des Denkmals war mit großer Aufregung verbunden. Es kamen so viele Menschen in den Ort, als sollte wieder eine Schlacht geschlagen werden. Mehr als dreißig Sonderzüge erreichten Allenstein. Tausende marschierten in strömendem Regen dem dunklen Backsteinbau entgegen, der auf jenem Hang errichtet worden war, an dem im August 14 die Artillerie gestanden hatte. Südlich des Denkmals nahmen die Massen Aufstellung, acht Kolonnen, gestaffelt in acht Gliedern. Ein Musikzug marschierte vorweg, hinter

ihm liefen die Schulkinder. Schließlich kamen die Fahnen und Standarten jener Truppen, die an der Schlacht teilgenommen hatten.
Gegen elf Uhr hörte der Regen auf. Der Held des Tages kam im Auto vorgefahren, eskortiert von einem Reiterregiment. Hochrufe empfingen ihn, er grüßte die vielen Menschen, schritt eine Ehrenkompanie ab, verneigte sich vor den Fahnen.
Wo blieb Samsonow? Weil es auch seine Schlacht gewesen war, hätte er ein ehrendes Gedenken verdient, meinte Gerhards Vater. Sie gedachten der unglücklichen Ritter von 1410, aber nicht des unglücklichen Samsonows von 1914. Flieger umkreisten das Denkmal. Auf einer mit Fahnen geschmückten Rednertribüne erhob sich der alte Held und sprach über die tapferen Krieger. Nie wieder sollten die östlichen Horden dieses Land betreten.
Stürmischer Beifall.
Ein Feldgottesdienst endete mit dem niederländischen Dankgebet.
Zwei Kinder überreichten den auf einem Kissen liegenden Schlüssel zum Ehrenmal. Hindenburg öffnete die Pforte. Eine Batterie feuerte Salut, während der Feldmarschall sich ins Goldene Buch eintrug.
Tannenberg nahm kein Ende. Der Reichsarbeitsdienst ließ ein Tal um das Denkmal graben, der Bau sollte erhöht werden. Darüber starb Hinden-

burg. Die Ernte war noch nicht eingebracht, als die Arbeiter ihre Sensen niederlegten, um dem Sieger von Tannenberg die letzte Ehre zu erweisen. Hitlerjungen standen Spalier, der neue Herr Deutschlands schritt die letzten hundert Meter zum Denkmal zu Fuß ab. Auf den Feldern riefen sie Heil und hoben den rechten Arm. Wenige Wochen nach der Beisetzung des Helden starb Gerhards Vater an den Folgen jener Verwundung, die ihm bei Verdun zugefügt worden war.

Soldaten bewachten Tag und Nacht den toten Feldherrn und seine Frau, die einzigen Bewohner des Riesenbaus, ausgenommen Schwalben und Fledermäuse.

Bis wieder ein Krieg begann. Gerhard Geidies musste die feldgraue Uniform anziehen. Wenn er auf Urlaub kam, wanderte er von Hohenstein zum Denkmal. Später hörte er von einem Offizier, der am 20. Juli 1944 bei einer Explosion in der Nähe Rastenburgs ums Leben gekommen war und der im Mausoleum Tannenberg beigesetzt werden sollte. Einen Volksauflauf gab es dabei nicht, das Volk hatte andere Sorgen.

Es folgte der Winter, der der letzte sein sollte. Bevor Soldaten der Roten Armee an den heiligen Mauern ihr Wasser abschlagen konnten, wurde das Tannenbergdenkmal in einer gewaltigen Explosion gesprengt. Die Särge der Hindenburgs waren zuvor per Schiff nach Deutschland geschafft worden.

Schließlich kehrten die zurück, die vor 31 Jahren mit Samsonow geflohen waren. Am 21. Januar besetzten Truppen der 2. Weißrussischen Front die Stadt Hohenstein und den Trümmerhaufen Tannenberg. Die Soldaten, die sich dabei besonders ausgezeichnet hatten, erhielten den Ehrentitel »Tannenberger«.

Danach versank die masurische Wildnis unter einer Schneedecke. Tief unter dem Schnee rumorten die Ritter und die vielen Toten der vielen Schlachten.

Erntekrieg

Zur Erntezeit sollten sie keinen Krieg anfangen. Die Männer werden auf den Kornfeldern gebraucht, nicht auf den Schlachtfeldern. Wenn die Sensen die Schwad mähen, die weißen Tücher der Binderinnen sich heben und senken und beladene Erntewagen über die Dorfstraße klappern, geht der große weiße Schnitter still vorüber und wartet, bis seine Zeit gekommen ist. Nicht Gewehre und Kanonen waren im August 1914 gefragt, sondern Forken und Sensen.

Der Krieg begann zur Unzeit. Als die Jahresarbeit mit einer guten Ernte belohnt werden sollte, die Hockenreihen bis zum Horizont reichten, und die Strohberge wuchsen, kamen die Kosaken. Sie ließen ihre Pferde im Haferfeld grasen, brannten hier einen Roggenschlag nieder, zündeten dort eine Scheune an und vergingen sich an den Mühlen, die darauf warteten, den Segen der Felder zu mahlen.

Die Männer, die gestern noch das Korn geschnitten hatten, warfen ihre Sensen fort, eilten zu den Fahnen und ließen Frauen, Kinder und alte Leute allein mit dem Segen der Felder. Kanonen standen zwischen den Hocken, in den Feldscheunen lagerten Soldaten, über die Kuhwiesen galoppierte die Kavallerie. Wie immer in den Kriegen ging es hin und her. Ein Gehöft wurde auf dem Vormarsch in Brand geschossen, das andere auf dem Rückzug angezündet. Die Gerste warf sich ins Lager und begann zu faulen, den Hafer fraßen die Pferde. Ein Aasgestank von verwesenden Kühen und Pferden hing in der Luft. Es dauerte sechs Wochen, bis Ruhe einkehrte. Da waren die Felder verwüstet und gaben nichts mehr her. Nur die Kartoffeln konnten noch aus der Erde gegraben und in die Wintermieten gegeben werden. Doch auch dabei kam ihnen der Krieg in die Quere, weil er die Männer an den Fronten hielt und es an Arbeitern auf den Feldern fehlte.

Der Kornkammer Deutschlands gingen in den ersten Monaten des Großen Krieges 135 000 Pferde, 250 000 Kühe und 200 000 Schweine verloren. In Städten und Dörfern zerstörte der Krieg über 34 000 Gebäude. Als zwei Jahre später eine Hungersnot ausbrach, begriffen sie, dass in der Erntezeit kein Krieg geführt werden sollte.

Mutter mit Kind

Es rumorte seit dem Morgengrauen, und der Donner kam näher. Wenn er den Hafen erreicht, kann kein Schiff mehr auslaufen. Noch lag es am Kai, das letzte Schiff. Schwarzer Rauch fiel aus dem Schornstein aufs Wasser. An der Pier standen Hunderte und warteten auf ihr letztes Schiff.

Mütter mit Kleinkindern! sagte die Schrift vor der Gangway. Der Marinesoldat, der den Aufgang bewachte, sagte es auch. Kinderwagen kommen nicht an Bord, sie nehmen zu viel Platz weg.

Magdalena hatte keinen Kinderwagen, sie hatte nicht einmal ein Kind, aber große Angst vor dem, was donnernd heraufzog.

Es ist das letzte Schiff, sagte der Soldat. Wenn alles gut geht, sind wir morgen früh in Hela. Nur Mütter mit Kleinkindern!

Ja, wenn alles gut geht. Aber Magdalena hatte kein Kind.

Sie sprach die Frauen an, die mit ihren Kindern im Hafen warteten. Ob sie ihr nicht ein Kind geben könnten. Nur für die Überfahrt. Danach bekämen sie es zurück.

Die Frauen schüttelten den Kopf. Wir geben kein Kind her, hieß das.
Warum hast du nicht selbst ein Kind?, sagte eine. Du bist doch alt genug.
Magdalena rannte zu der Baracke, in der sie mit anderen Flüchtlingen die Nacht verbracht hatte. Unter ihnen waren viele Familien mit Kleinkindern gewesen, Magdalena hatte kein Auge zubekommen, weil immer wieder Kinder weinten. Als der Kanonendonner anfing, waren alle zum Hafen gelaufen, auch Magdalena.
Sie fand die Baracke menschenleer, rannte von Raum zu Raum und schlug mit den Türen. Sie sind alle schon auf dem Schiff, dachte sie.
In einer Ecke fand sie Stroh, darunter eine graue Decke und in die Decke gewickelt ein Bündel, ein totes Kind, sehr klein. Das Gesicht gerötet, als wäre es erfroren.
Haben sie dich vergessen?, fragte Magdalena.
Sie nahm das Kind auf den Arm, wickelte die Decke fester. Wie leicht es war, wie eine Puppe, die lange im Schnee gelegen hatte. Und nun steif gefroren. Vielleicht drei Monate alt oder vier.
Wie konnte das geschehen? Als sie morgens aufwachten, fanden sie dich tot unter der Decke. Sie hatten keine Zeit für Singen und Beten, konnten auch kein Loch in die gefrorene Erde graben. Deshalb deckten sie dich mit Stroh zu und liefen davon, einfach davon.

Sie wickelte das Kind so in ihren Mantel, dass nur Augen und Nase herausschauten. Dann eilte sie mit ihm zum Schiff.
Mütter mit Kleinkindern! sagte immer noch das Schild an der Gangway. Der Marinesoldat warf einen flüchtigen Blick auf das rote Gesicht.
Es schläft, sagte Magdalena.
Er winkte sie durch. Bald legen wir ab, hörte Magdalena seine Stimme, als sie die Gangway hinaufhastete. Das Bündel war so leicht, es machte keine Mühe.
Du weißt nicht mal seinen Namen, fiel ihr ein. Sie werden dich registrieren wollen und nach dem Namen fragen. Ist es ein Junge oder ein Mädchen?
Oben empfing sie eine Rote-Kreuz-Schwester.
Zum Wickeln und Stillen haben wir die Kabine 17, sagte sie.
Magdalena hockte sich in eine Ecke, in der Müllsäcke lagen. Das Kind legte sie neben sich. Sie wartete, bis das Schiff Laut gab, die Maschinen zu stampfen begannen und das Wasser an die Außenwände klatschte.
Ein Matrose ging vorüber und sagte: Was macht ihr denn da? Wir wollen in Ruhe schlafen, antwortete Magdalena.
Da lachte er. Geht in Kabine 17, da ist es warm.
An Schlaf war nicht zu denken. Magdalena dachte an die Menschen, denen das Kind gehörte. Woher kamen sie, und wohin wollten sie fahren?

Als der Matrose wieder vorbeiging, fragte sie: Wie lange fahren wir?
Wenn alles gut geht, sind wir in fünf Stunden in Hela.
Ja, wenn alles gut geht.
Sie schlief dann doch ein und wurde, als es schon Nacht war, von fernen Stimmen geweckt. Auf dem Achterdeck sangen Frauen ein frommes Lied.
Ein Kind ist gestorben, sagte der Matrose. Wenn jemand an Bord stirbt, wird er im Meer begraben. So ist der Brauch.
Magdalena raffte sich auf, nahm das Kind und folgte dem Gesang. Am Heck des Schiffes bildete eine Menschengruppe einen Kreis. In der Mitte stand eine Frau mit einem Bündel im Arm. Ein Pfarrer erklärte, Jesus Christus sei auch der Herr des Meeres. Dann nahm er der Frau das Bündel aus der Hand und warf es über Bord ins schäumende, gurgelnde Wasser. Die Frauen stimmten ein Lied an.
Magdalena hielt sich abseits. Als die Trauernden gegangen waren, trat sie nahe ans Wasser, wickelte den kleinen Körper aus der Decke und fand, an den rechten Fuß geklebt, einen Zettel: Rudi Grugat, Wehlau.
Schnell gab sie das Kind wieder in die Decke, wickelte auch ihren Mantel darum, denn es sollte nicht frieren in dem eisigen Wasser.
Warum wollte es nicht untergehen? Das Kind lag

auf einer Eisscholle und wurde dem Ufer zugetrieben.

Du kommst nach Hause, sagte Magdalena, aber ich muss nach Hela fahren …, wenn nichts dazwischenkommt.

Die große Schlittenfahrt

Der Winter ist keine Zeit für Kriege und Schlachten. Im Quartier am warmen Ofen sitzen, die Wunden heilen lassen und auf den Frühling warten war zu allen Zeiten das Los der Krieger. So sagten es auch die militärischen Lehrbücher: nur keinen Winterkrieg!

1678 unternahm es ein schwedischer General, als schon die ersten Schneeflocken krümelten, von Livland her ins Ostpreußische einzufallen. Am 15. November überschritt er mit 16000 Mann nahe Memel die Grenze, besetzte ohne Gegenwehr die nördlichen Städte und ging vor den Toren Königsbergs ins Lager. Dort wollten die Schweden den Winter verbringen und in wärmerer Zeit ihre kriegerischen Unternehmungen fortsetzen.

Der preußische Kurfürst, den sie später den Großen nennen sollten, weilte um diese Zeit nahe der Stadt Stettin. Als er von dem Einfall der Schweden hörte, schickte er auf der Stelle ein kleines Heer, keine 10000 Mann stark, nach Preußen. Er selbst folgte seinen Soldaten im Januar des neuen Jahres, überquerte den Weichselstrom, machte kurz Rast in Marienwerder, um dort seine Truppen zu inspi-

zieren. An die ostpreußischen Land- und Stadträte schickte er Order, sie sollten über 1000 Schlitten und an die 700 Pferde bereitstellen.
Die Schweden, die immer noch glaubten, niemand werde im Winter Krieg führen, waren überrascht, als die Kundschafter berichteten, ein Heer des Kurfürsten habe das eisbedeckte Frische Haff überquert. In aller Eile zogen sie sich zurück Richtung Livland, mussten aber wegen des Winterwetters in Tilsit Quartier suchen. Die Preußen folgten ihnen mit Schlitten, überquerten den Pregelfluss und erreichten bei Labiau das Kurische Haff. Weil auch dieses Gewässer tief gefroren war, konnten sie die Schlittenfahrt übers Eis fortsetzen. Bald landeten sie in dem Städtchen Gilge am Ostufer des Haffs, besiegten die überraschten Schweden bei Heydekrug und Tilsit und jagten den schwedischen General samt seinen Soldaten über Litauen hinaus nach Schwedisch-Livland. Die Schlittenfahrt über das Kurische Haff machte den Kurfürsten Friedrich-Wilhelm zum »Großen Kurfürsten«. Der Schlitten, mit dem er das Haff überquert hatte, kam in die Ruhmeshalle der preußischen Armee und ging erst 1945 unter.

Kalter Winter

Im Reich des Zaren hatten sie genug strenge Winter erlebt, im Masurischen erschien ihnen die kalte Jahreszeit eher milde. Nicht wegen des Wetters waren die Philipponen gekommen, sondern weil sie unter dem Zaren ihren Glauben nicht mehr leben durften. Als der preußische König die Glaubensflüchtlinge in sein Land rief, ließen sie sich im Masurischen am Krutinnafluss nieder. Über hundert Jahre ging es gut mit den Wintern, doch im Jahre 1929 kam es zu einem Wetterunglück. Der Frost drang metertief in die Erde und tötete alles, was lebte. Tagelanger Schneefall deckte die Häuser bis zu den Dachtraufen zu, flache Gewässer erstarrten bis zum Grund, Fische starben, Vögel fielen tot vom Himmel, und die Brunnen vereisten. Um für Mensch und Tier Wasser zu bekommen, mussten die Philipponen Schnee in die Stuben tragen und über der Herdplatte in Wasser verwandeln. Die Flüsse vergaßen das Fließen. Von der Ostsee schrieben die Zeitungen, sie sei von Finnland bis Dänemark vereist und könne mit Pferdeschlitten überquert werden.

Ende März wich der strenge Frost, Eisbrecher durchbrachen die Schollen und machten die Ostsee wieder zu einem befahrbaren Meer. Im Binnenland entstanden Seen, wo keine gewesen waren, weil das Tauwasser im frostigen Boden nicht versickern konnte. Es dauerte lange, bis die Krutinna wieder zu fließen begann. Der Frühling sollte kommen und mit ihm die Zugvögel. Die ersten Schwärme kehrten wieder um, weil ihnen die Gegend zu unwirtlich vorkam. Die Äcker blieben noch lange grau, die Wiesen wollten nicht grünen, und die Obstbäume vergaßen das Blühen. Die Philipponen besaßen zahlreiche Obstplantagen, sie hatten den Obsthandel in der Provinz zu einem blühenden Gewerbe gemacht. Da in der sandigen Gegend der Johannisburger Heide Obstplantagen wenig gediehen, hatten sie die Obstgärten der Güter im Norden der Provinz in Pacht genommen. Dort lebten sie von der Blütezeit bis zur Ernte in kleinen Holzhütten und bewachten mit ihren Hunden die Apfelbäume. Zur Erntezeit brachten sie die Früchte mit Pferdewagen auf die Märkte, einige fuhren sogar nach Königsberg.
Der strenge Winter 29 brachte dieses Gewerbe zum Erliegen. Die Bäume blühten nicht mehr. Wo es doch geschah, fehlte es an Bienen, die Blüten zu bestäuben. Die meisten Obstbäume waren nur noch für den Ofen zu gebrauchen, einige Obstsorten starben gänzlich aus.

Danach versuchten es die Philipponen noch einmal. Aus milderen Gegenden, in denen die Pflanzen überlebt hatten, ließen sie junge Bäume kommen und gaben sie in ihre verödeten Gärten. Nach 15 Jahren, so dachten sie, werden die Bäume wieder tragen und dem Obsthandel zu neuem Leben verhelfen. Doch als die 15 Jahre um waren, fiel ein neuer Winter über das Land, nicht so kalt wie der von 29, aber grausam genug, um nicht nur Bäume zu töten. Mit Pferd und Wagen flohen die Philipponen westwärts, dabei hoffend, die Ostsee werde wieder zufrieren wie in jenem Unglücksjahr. Die Obstgärten blühten still vor sich hin. Als die Früchte reiften, nahm sich keiner des Segens an, die Menschen waren auf und davon.

Unter Tage

Der liebe Gott schenkte ihnen fünf Kinder, drei Mädchen und zwei Jungen. Für die Mädchen wird sich wohl ein Mann in der Nachbarschaft finden lassen, damit sie uns nicht zur Last fallen, dachten Vater und Mutter, aber von den Jungen wird einer in die Fremde ziehen müssen, denn nur der Älteste kann den Hof bekommen. Als Albert, der Jüngste, seinen 18. Geburtstag feierte, brachten die Eltern zur Sprache, dass er sein Glück in der weiten Welt suchen müsse.

Die weite Welt begann damals in den Kohlengruben Westfalens, vor deren schwarzer Finsternis Albert sich zwar fürchtete, die aber guten Lohn und Brot versprachen. Er half noch mit, die Ernte einzubringen, bevor er nach Ortelsburg fuhr, wo die Herren der Bergwerke ein Anwerbebüro eingerichtet hatten. Dort unterschrieb er für unter Tage, bekam eine Fahrkarte nach Recklinghausen, dazu als Vorschuss ein paar Mark Verzehrgeld mit der Ermahnung, es nicht für Schnaps und Bier auszugeben. Die Schwestern und der Bruder brachten ihn mit dem Klapperwagen zum Bahnhof, die Mutter zog es vor, in der Küche vor sich hinzuweinen, der Vater vergrub sich in die Arbeit auf dem Rübenacker.

Da das Schreiben dem Albert nicht so lag, hörten sie lange nichts von ihrem Auswanderer in die Kohlenwelt. Edmund Gregusch, der mit Albert in die gleiche Grube fuhr und nach Hause kommen musste, weil seine Mutter im Sterben lag, erzählte ihnen von der schweren Arbeit unter Tage. Wie sie sich anfangs gefürchtet hatten, so tief unten in der Erde bei großer Finsternis zu arbeiten. Die Angst sei immer mitgefahren, erst wenn sie das Sonnenlicht erblickten, flog sie davon. Albert hatte auch darunter gelitten, dass niemand seine masurische Sprache verstand und die anderen ihn Pollak riefen. Bis er Edmund Gregusch traf, der wie er Masurisch sprach, aber auch das Hochdeutsche einigermaßen beherrschte. Die beiden gingen jeden Sonntag in die Kirche, nachmittags angelten sie am Ruhrfluss, und abends ließen sie sich in einer Kneipe mit dem schönen Namen ›Masurentränke‹ ein Bier einschenken.

Als Edmund Gregusch nach der Beerdigung seiner Mutter wieder abfuhr, gaben ihm Alberts Eltern einiges mit für den Sohn in der Fremde: einen Ringel Wurst, braune Eier, eine Seite Räucherspeck. Auch baten sie ihn auszurichten, der Albert solle, wenn es nicht zu teuer werde, zu Besuch ins Masurische reisen.

Da der Edmund sich auch im Schreiben besser

auskannte, setzte er dem Albert einen Brief auf, in dem er den Eltern mitteilte, es gehe ihm gut, von dem Geld der Ruhrbarone habe er schon fünfhundert Mark gespart. Zur Hochzeit des älteren Bruders versprach er, nach Masuren zu kommen. Das konnte dauern, denn eine Braut war noch nicht gefunden. Albert kaufte aber schon einen Anzug aus englischem Tweed, dazu einen schwarzen Hut und einen Schlips in den masurischen Farben, auf die sich dieser Spruch reimte:

Das Auge blau vom Raufen,
Die Nase rot vom Saufen,
Die Haare weiß vom Huren,
Das sind die Farben der Masuren.

Weil es sich hinzog mit der Hochzeit, konnte Albert noch Geld sparen für einen Spazierstock und ein silbernes Zigarettenetui, das er seinem Bruder schenken wollte. Anfang Juli, zwischen Heu- und Roggenernte, sollte es endlich zum Traualtar gehen. Stattlich herausgeputzt reiste Albert durch Deutschland, promenierte in den Straßen großer Städte und wunderte sich, wie die Mädchen ihm nachschauten. Als er in Ortelsburg eintraf, war gerade Pferdemarkt. Er machte seine Runde, schlug den Pferden aufs Hinterteil und taxierte, ob sie die Loren in den Gruben ziehen könnten, entschied aber, dass den masurischen

Pferden eine so düstere Arbeit nicht zuzumuten sei.
Sie empfingen ihn wie einen König. Die Kinder, die ihm nachliefen, beschenkte er mit Sahnebonbons, gab den drei Schwestern kleine Anhängsel für den Hals, die er in der Hauptstadt des Reiches gekauft hatte, und verteilte einiges von dem Geld der Ruhrbarone an seine Eltern, damit sie sich zur Hochzeit des Bruders stattlich kleiden konnten.
Nach der Trauung kam die Wahrheit ans Tageslicht: Der Albert hatte die weite Reise nicht nur zur Hochzeit des Bruders unternommen, er wollte auch eine Frau für sich suchen. Seine Eltern, die von Edmund Gregusch einen Wink bekommen hatten, waren schon im Dorf und den Abbauten unterwegs gewesen, um nach guten Mädchen Ausschau zu halten. Wie zufällig kamen die Auserwählten eines Abends vorbei, um etwas zu bringen, zu holen oder nur zum Plachandern. Albert saß hinter der Küchengardine und musterte ihren Aufzug. Als Gesine kam, mit der er in der Schule in der gleichen Bank gesessen hatte, hielt es ihn nicht hinter der Gardine. Er trat vor die Tür, sprach dieses und jenes, erzählte von seinem Leben über und unter Tage und fragte, ob Gesine die Stadt Recklinghausen kennenlernen wolle.
Gesine fürchtete sich, nicht vor der Stadt, sondern vor der Tiefe der Kohlengrube. Der Gedanke, oben im schönsten Sonnenschein spazieren zu

gehen, während der Mann unten in der Finsternis schuften musste, gefiel ihr nicht. Sie bat um Bedenkzeit. Die dauerte den ganzen Tag, aber abends stand Gesine wieder vor der Tür. Sie spazierte mit Albert über die Wiesen dem Wald zu. Vor einer Fichtenschonung setzten sie sich ins hohe Gras, lagen dort eine Weile, bis die Schatten der Nacht sie zudeckten. Danach gingen sie zu Gesines Eltern, anschließend zu Alberts Eltern, um die Hochzeit zu besprechen, die bald stattfinden sollte, weil Albert in zehn Tagen wieder in die Grube fahren musste.

Die Fahrt von Masuren nach Westfalen kam ihnen vor wie eine Hochzeitsreise. Albert benannte die Ströme, die sie überquerten, und als sie die Hauptstadt erreichten, bummelten sie um den großen Bahnhof. Er trank ein Bier, sie eine Limonade.

In Recklinghausen musste die Hochzeit noch einmal gefeiert werden mit Edmund Gregusch und den Kumpeln aus der Grube, was dem Albert gewaltig ins Geld ging. Danach lebten sie in Frieden, sie über der Erde und er in der Grube, bekamen fünf Kinder, zwei Mädchen und drei Jungen. Nach Masuren reiste Albert, als seine Mutter auf dem Sterbebett lag.

Danach brach ein großer Krieg aus. Albert brauchte nicht zu den Soldaten, weil die Arbeit in der Grube wichtiger war. Als die Zeitungen schrieben, in Ortelsburg hause der Russe, sorgte er sich sehr um seine masurische Heimat. Nach der Tannenbergschlacht schrieb der Vater, das Dorf hätte das Unglück gut überstanden, nur etwas Federvieh und eine trächtige Stute seien verloren gegangen. Alberts Bruder stehe mit den Ortelsburger Jägern an der Front in den Karpaten.

Es kam das Jahr 1920, ein großes Jahr für Masuren. In fernen Städten, mag sein in Paris, in Genf oder in Amerika, hatten sich gescheite Leute ausgedacht, jeder Mensch habe eine Stimme, die er mit einem Kreuz auf ein Stück Papier malen sollte. Die Stimme hatte Auskunft zu geben, ob der masurische Mensch Preuße, Pole oder Russe zu sein wünschte. Die Abstimmung sollte im masurischen Sommer stattfinden. Der Ausgang schien gewiss, denn seit der preußische König vor langer Zeit bei ihnen gewesen war, als die Masuren sich in Not befanden, wussten alle, zu wem sie gehörten. Eine gewisse Besorgnis blieb trotzdem, denn wer wollte schon voraussagen, was die Menschen mit Papier, Malstift und ihrer Stimme anrichten konnten. Als bekannt wurde, dass das Kreuz an Ort und Stelle in Masuren geschrieben werden musste, war der Schrecken groß, denn die Masuren stellten fest, dass viele ihrer Söhne, die für die Abstimmung gebraucht wurden, in der Fremde weilten. Wie sollten ihre Stimmen aus den Bergwerken oder vom Hamburger Hafen nach Masuren getragen werden? Die Bürgermeister verfassten Manifeste,

die die Söhne Masurens aufriefen, ihre Stimme nach Hause zu bringen. Als Gesine ihrem Mann den Aufruf aus der Recklinghausener Zeitung vorlas, beschloss er, zur Rettung Masurens heimzukehren. Die Ruhrbarone gaben ihren masurischen Arbeitern eine Woche frei, einige zahlten sogar die Reisekosten.
Gesine, obwohl auch mit einer Stimme versehen, blieb in Recklinghausen, weil einer auf die Kinder aufpassen musste. Ihr Mann aber fuhr mit Edmund Gregusch und anderen Kumpeln per Eisenbahn dahin, wo sie auf die Welt gekommen waren. Einige Fußballspieler des Schalker Kreisels saßen auch mit im Zug und erzählten unterwegs von ihren Siegen.
Da sie nicht mit der Bahn durch den polnischen Korridor fahren wollten, verließen sie in Stettin den Zug, bestiegen ein Schiff und kamen am Tag vor der Abstimmung in Königsberg an. Von dort fuhren sie, nun wieder per Bahn, Richtung Ortelsburg. Unterwegs trafen sie viele, die das gleiche Ziel hatten. Sie hängten Fahnen aus dem Zugfenster, sangen patriotische Lieder und tranken die Bierflaschen leer, die sie vorsorglich mitgebracht hatten. Als ihr Zug in Ortelsburg einlief, wurden sie von einer Menschenmenge mit Heilrufen empfangen. Ein Redner verkündete von einem Holzgestell herab: Masurens Söhne sind heimgekehrt, um ihr Land zu retten!

Die Nacht vor der Abstimmung verbrachte Albert bei seinem Vater. Der wollte zu Hause bleiben. Noch niemals in seinem Leben habe er seine Stimme auf ein Stück Papier geschrieben. Dabei sollte es bleiben. Ja, wenn der alte König das Regiment übernähme, würde er wohl für ihn abstimmen.

Albert redete ihm gut zu und sagte, was damals alle sagten: Es komme auf jede Stimme an. Schließlich sei er nicht umsonst 1000 Kilometer von Westfalen nach Masuren gefahren. Für den Morgen des 11. Juli bestellte Albert von dem Geld der Ruhrbarone eine Kutsche. Zusammen mit seinem Vater fuhr er in die Stadt. Nachdem sie ihre Stimme zu Papier gebracht hatten, lud Albert den Vater zum Mittagessen in den ›Kronprinzen‹ ein und bezahlte die Klopse mit dem Geld der Ruhrbarone. Im ›Kronprinzen‹ trafen sie viele, die, erleichtert um ihre Stimme, voller Vorfreude auf den Ausgang der Abstimmung warteten. Sie tranken noch einige Schnäpse, bis es den Vater verlangte, da die Auszählung sich verzögerte, nach Hause zu fahren. Albert blieb noch in der Stadt, weil er erfahren wollte, wie es ausgegangen sei.

Am Abend versammelte sich eine Menschenmenge vor dem Rathaus. Ein schwarz gekleideter Herr, der in einem anderen Leben Pfarrer oder Beerdigungsunternehmer sein mochte, trat mit einem Megafon auf den Balkon und verkündete, neun von zehn Masuren hätten für Deutschland gestimmt. Jubel erfüllte die Stadt, die Männer schwenkten ihre Hüte, Frauen winkten mit ihren Kopftüchern.

Als Albert in der Nacht nach Hause kam, schlief der Vater schon. Am Morgen fragte er nach dem Ausgang.

Masuren bleibt deutsch, antwortete Albert.

Wenn sie uns so leben lassen, wie wir immer gelebt haben, mag es gut sein, meinte der Vater.

Tags darauf machte sich Albert auf den Weg nach Recklinghausen, um mit Gesine und den Kindern Wiedersehen zu feiern. An der Gartenpforte nahm der Vater ihn noch einmal ins Gebet.

Weißt du, mein Junge, sagte er. Uns Alten ist es einerlei, ob wir deutsch oder polnisch regiert werden. Sie sollen uns nur Preußen sein lassen.

Wolfsland

Um die Mittagszeit stand Wolf noch vor seiner Hütte. Als die Mutter ihm das Fressen brachte, kläffte er freudig und ging an der Kette hoch, wie immer, wenn sie über den Hof kam. Sie blieb länger draußen als sonst und sah zu, wie er fraß. Auch sprach sie mit ihm.

Am Mittagstisch fiel kein Wort. Als niemand mehr essen mochte, sagte die Mutter: Das war wohl die Henkersmahlzeit. Dabei blickte sie aus dem Fenster nach Osten, wo seit den Morgenstunden Kanonendonner grollte. Dann räumte sie die Teller ab.

Großvater steckte seine Pfeife an. Als sie ordentlich brannte, sagte er aus der Rauchwolke heraus zu dem Jungen: Wir werden eine Reise antreten, die kann lange dauern, aber irgendwann kehren wir wieder.

Kommt Wolf mit?, fragte der Junge.

Ja, dein Wolf kommt mit, antwortete der Großvater.

Der Wagen stand in der Scheune, fertig hergerichtet, um bald auf die Reise zu gehen. Über Nacht hatten Mutter und Großvater ihn beladen, nun

mussten nur die Pferde angespannt werden. Bevor Großvater die Pferde holte, ging er in den Kuhstall, band das Vieh los, öffnete den Hühnern und Schweinen die Türen. Wolf begleitete ihn.
War es ein Flintenschuss oder hatte ein Windstoß das Scheunentor zugeschlagen? Der Junge wollte hinlaufen, aber die Mutter hielt ihn zurück und sagte, er müsse schnell seine Spielsachen einpacken und zum Wagen tragen, vor allem die Zinnsoldaten, die Bilderbücher und den Malkasten. Du wirst sie brauchen auf der langen Reise.
Großvater spannte die Pferde an.
Wo ist Wolf?, fragte der Junge.
Der ist vorausgelaufen. Wenn wir abends unser Quartier erreichen, wird er schon vor der Tür stehen.
Der Kanonendonner kam näher, und die Mutter sagte, es sei höchste Zeit.
Also fuhren sie. Die Räder knirschten im Schnee, den Pferden, die so ruhig gingen, als zögen sie in den Wald, eine Fuhre Holz zu holen, schoss der Atem aus den Nüstern.
Auf der Chaussee trafen sie andere Wagen, die auch in westliche Richtung fuhren und es eilig hatten. Die Mutter schaute sich nach dem Dorf um und sagte: Wir kommen bald wieder. Danach versank das Dorf in grauen Nebelschwaden.
Neben der Straße zogen Rinderherden den gleichen Weg. Ab und zu blieben einzelne Tiere stehen

und brüllten, als hätten sie Hunger. Wo waren die Hunde, die diese Herden bewachten? Jeder Bauer besaß einen Hofhund, auf den Gütern gab es Jagdhunde und Wachhunde. Waren sie alle fortgelaufen, weil es nichts mehr zu bewachen gab?
Als der Abend dämmerte, sah der Junge, der hinten auf dem Wagen lag und Ausschau hielt, einen Hund in einer Blutlache liegen.
Er sieht aus wie unser Wolf, sagte er zum Großvater. Warum ist er tot?
Es ist nicht unser Wolf, beruhigte ihn der Großvater. Wolf ist vorausgelaufen und wartet auf uns.
Zum Abend hin verstummte der Kanonendonner. Wären nicht die Feuer am Horizont gewesen, hätte es eine friedliche Nacht sein können ohne Schießen, ohne Hundegebell, aber mit vielen Sternen.
Sie fuhren durch den Abend, ohne irgendwo anzukommen. Der Junge schlief, und als er morgens aufwachte, fragte er nach Wolf.
Er wird sich verirrt haben, sagte die Mutter.
Wolf ist weitergelaufen, meinte der Großvater. Wolf kennt den Weg.
Sie kamen zu einem Gutshof, dessen Scheunen und Ställe genug Platz gaben für viele Wagen. Dort sahen sie auch Hunde, die die Wagen anbellten, die auf den Hof fuhren.
Morgen werden wir auch auf die Flucht gehen, hörte der Junge den Gutsverwalter sagen. Anschließend spazierte er mit seinen Hunden in den Park

hinter dem Gutshaus. Nach einer Weile kam er allein zurück.

Nach dem Frühstück fütterte Großvater die Pferde. Dann fuhren sie weiter und kamen durch ein Dorf, in dem tote Hunde in den Vorgärten lagen.

Warum sind sie tot?, fragte der Junge die Mutter.

Weil Krieg ist, antwortete sie.

Und warum hat sie keiner begraben?

Weil der Boden hart gefroren ist, da gräbt es sich schwer.

In der Stadt Braunsberg lief ihnen ein Hund über den Weg, der aussah wie Wolf. Als der Junge ihn rief, reagierte das Tier nicht. Ach, es gab so viele Hunde.

Ob er schon zu Hause ist?, fragte der Junge den Großvater.

Zu Hause haben Hunde nichts zu suchen, da ist der Krieg, brummte der alte Mann. Wenn Soldaten auf einen Hof kommen, erschießen sie als Erstes die Hunde. So ist das in allen Kriegen gewesen.

Aber sie haben doch nichts Böses getan, meinte der Junge.

Der Krieg fragt nicht danach, was einer getan hat, antwortete der Großvater.

Sie kamen ans große Wasser, das zu Eis gefroren war.

Ob Wolf auch über das Eis gelaufen ist?, fragte der Junge.

Hunde können das, die können sogar schwimmen, antwortete die Mutter. Die kommen immer durch.
Sie fuhren noch viele Tage, sie fuhren und fuhren, und Wolf war ihnen immer voraus.
Er wird durch den Weichselstrom geschwommen sein, sagte der Großvater. Und den Oderfluss wird er auch überquert haben. Am westlichen Ufer wartet er auf die Wagen, die kommen sollen.
Als sie westlich der Oder ankamen, war niemand da. Die Leute sagten, es gebe im Osten keine Hunde mehr, nur noch Wölfe.

Schweigen ist Gold

Er wollte nur mal sehen, was übrig geblieben war. Als die Maschine zur Landung aus den Wolken stieß, eine Schleife über das Haff zog, sich dem Fluss näherte, der seine Kindheit begleitet hatte, ahnte Peter Komrowski, dass er nicht viel finden würde. Unter ihm lag leeres Land.

Nach der Landung setzte er sich in ein Taxi, hielt dem Fahrer einen Zettel hin, auf dem in kyrillischer Schrift der Name des Hotels stand.

Karascho, sagte der Mann.

Unterwegs konnte er sehen, wie wenig von der Stadt übrig geblieben war.

An der Rezeption sprachen sie Englisch. Das erleichterte es ihm, sein Anliegen vorzutragen. Er wollte am nächsten Morgen mit einem Taxi zu mehreren Städten fahren, deren russische Namen er nicht kannte, Städte, die an seinem Fluss lagen und deren deutsche Namen Tapiau, Wehlau, Insterburg und Gumbinnen lauteten. Der Taxifahrer sollte etwas Deutsch verstehen.

Die Rezeption versprach, einen solchen Fahrer ausfindig zu machen.

Als der Morgen dämmerte, saß Peter Komrowski

am Fenster und versuchte herauszufinden, was von der Stadt übrig geblieben war. Wo war das Schloss geblieben? Er zählte die sieben Tore, kam aber nur bis vier.

Als er zum Frühstück erschien, saß der Taxifahrer schon in der Hotelhalle und wartete auf ihn, ein älterer Mann, dessen goldene Zähne leuchteten, sobald er den Mund öffnete.

Ich heiße Jurij, sagte er.

Ich bin Peter. Wir werden einen ganzen Tag unterwegs sein und bis zur Grenze im Osten fahren.

Jurij wusste nicht, welche Grenze Peter Komrowski meinte. Wollte er Polen besuchen oder ins Litauische fahren? Er breitete eine Landkarte aus. Peter Komrowski zeigte ihm den Weg flussaufwärts zu den Städten, deren deutsche Namen er kannte, die dem Taxifahrer aber fremd klangen.

Da ist keine Grenze, sagte Jurij.

In meiner Kinderzeit gab es sie, antwortete Peter und tippte mit dem Finger auf die Stelle, an der er die alte Grenze vermutete.

Sie fuhren nach Osten, immer nach Osten.

Ob er zu den Soldaten gehörte, die dieses Land im Winter 45 eroberten?, fragte sich Peter Komrowski. Unmöglich. Er müsste heute über 90 Jahre alt sein und könnte kein Taxi mehr fahren. Aber vielleicht ist sein Vater dabei gewesen, als die Rote Armee Königsberg eroberte. Er wird dem Sohn erzählt haben, wie es zugegangen ist, und der fährt mit dem Taxi die alten Stätten des Krieges ab und weiß nicht, was geschehen ist.

Während sie fuhren, blickte Jurij ihn ein paar Mal von der Seite an. Vermutlich wollte auch er das Alter seines Fahrgastes abschätzen. Zu den Hitleristen, die vor 70 Jahren sein Land überfallen hatten, gehörte er sicher nicht. Sein Vater könnte dabei gewesen sein oder ein älterer Bruder. Die werden es ihm erzählt haben. Also weiß er, was damals geschehen ist.

Nachdem sie eine halbe Stunde gefahren waren, sagte Jurij: Wir kommen gleich zu zwei Städten, die sich gegenüber liegen. Die eine hieß in deutscher Zeit Tapiau, die andere Wehlau. In welche willst du?

Wir fahren nach Wehlau, entschied Peter Komrowski. Von dort weiter Richtung Insterburg, danach kommt Gumbinnen, dahinter die Grenze.

Von Wehlau ist nicht viel übrig geblieben, sagte Jurij.

Bevor sie die Stadt erreichten, ließ Peter Komrowski halten. Er stieg aus, hob beide Arme und sagte: Hier ungefähr.

Jurij lehnte am Auto. Außer flachem Land, auf dem Disteln und wilde Blumen wuchsen, sah er nichts.

Hier war mein Dorf. Wo die Brennnesselbüsche stehen, stand ein Haus, in dem ich auf die Welt gekommen bin.

Woina kapuut!, rief Jurij und lachte. Ja, der Krieg hat alles kaputt gemacht, in deinem Dorf und in meinem Dorf. So ist das mit den Kriegen.
Peter Komrowski schlug vor, das Taxi stehen zu lassen und gemeinsam die Straße abzuwandern, um zu sehen, was übrig geblieben war.
Jurij schloss den Wagen ab, setzte eine Mütze auf und schnäuzte sich kräftig. Da war es Sonntagmorgen, zehn Uhr. Wenn es noch Kirchen gäbe, müssten jetzt Glocken läuten, dachte Peter Komrowski.
Es gab aber nur Trümmer von Kirchen, überwuchert von Brenneseln. Apfelbäume mit morschem Geäst zeigten an, was von alten Bauerngärten übrig geblieben war. Da gab es nicht mehr viel zu ernten.
An der Stelle, wo sein Elternhaus gestanden hatte, blieb er stehen.
Was ist los?, fragte Jurij.
Peter Komrowski tat so, als bewundere er die Mohn- und Kornblumen am Hang, in Wahrheit sah er Flammen aus einem Dachstuhl züngeln, den es nicht mehr gab. Ein kleiner Junge stand auf der Straße und weinte. Das war lange her.
Auf dieser Chaussee sind sie nach Osten marschiert, als sie Russland angreifen wollten, dachte Jurij. Die alten Lindenbäume werden es wissen, aber die sagen nichts. Weißt du genau, wo die Grenze zwischen Russland und Deutschland verlief?, fragte er.
Das wäre eine lange Wanderung, antwortete Peter

Komrowski. Erst nach Insterburg, dann Gumbinnen, dahinter lag irgendwo die Grenze.
Er sah die Mutter die Straße hinabgehen, begleitet von einer Gruppe Soldaten. Die trugen ihre Maschinenpistolen vor dem Leib, ab und zu zielten sie auf die Frau vor ihnen, schossen aber nicht. Hinter ihm stürzte das Dach ein, ein Funkenregen stieg zu den Wolken, der kleine Junge begann zu laufen, folgte der Mutter und den Soldaten, konnte sie aber nicht einholen.
Wo bist du geboren?, fragte Peter Komrowski.
In Smolny, einem Dorf nahe der Stadt Minsk.
Steht dein Elternhaus noch?
Jurij schüttelte den Kopf. In meinem Dorf ist kein Haus stehen geblieben, dachte er. Die Schmiede am Dorfeingang zündeten sie als Erstes an, danach trieb der Wind die Flammen von Haus zu Haus, Holzhäuser brennen gut. Jurij hatte das Feuer deutlich vor Augen, aber er sagte nichts.
Sie kamen zu der Stelle, an der die Soldaten einen alten Mann erschossen hatten. Peter Komrowski sah ihn langsam in den Schnee fallen. Auch nichts übrig geblieben von ihm, kein Grabstein, kein Kreuz, nur wilde Blumen. Wenn mein Vater zu Hause gewesen wäre, hätten sie ihn auch erschossen, dachte er, sagte es aber nicht.
Es ist gut, dass es keine Grenze mehr gibt, meinte Jurij. Wo Grenzen sind, kommt immer wieder Krieg.

Erzähl von deinem Smolny.

Ach, das war ein kleines Bauerndorf mit einer Kirche und einem Wasserturm. Dass es im letzten Kriegsjahr vom Erdboden verschwand, wollte er lieber nicht sagen. Es war ihm peinlich, dem Deutschen, der nichts damit zu tun gehabt hatte, diesen Frevel vorzuhalten.

Sie kamen zu der Stelle, an der Peter seine Mutter zum letzten Mal gesehen hatte. Dort verschwand sie mit den Soldaten hinter einem Hügel. Der Hügel war noch da, die Mutter nicht. Peter Komrowski meinte, sie hätte sich noch einmal umgeschaut und ihm zugewinkt. Er war ihr nachgelaufen, aber die Soldaten hatten ihn zurückgewiesen. Einmal schossen sie in die Luft, um ihm Angst einzujagen.

Hinter einem Birkenwäldchen sah er die Stadt, in die sie damals mit der Kutsche gefahren waren, jeden Sonntag, wenn die Glocken läuteten. Heute läuteten keine Glocken, weil es keine Kirchen gab. Und von der Stadt war auch nicht viel übrig geblieben.

Er wird nicht dabei gewesen sein, als sie das Dorf einäscherten, dachte Jurij. Er war viel zu jung für den Krieg. Die Kirche, obwohl aus Holz, hätten sie retten können. Die Frauen trugen schon Wasser zum Gotteshaus, aber die Soldaten jagten sie fort und schossen Löcher in die Wassereimer.

An der Wehlauer Stadtgrenze machten sie Halt.

Jeder dachte an seine Geschichte. Jurij an sein Dorf, das in den Flammen unterging, Peter an die Mutter, die sie nach Insterburg brachten und von dort mit einem Güterzug nach Sibirien schickten.
Er wollte Jurij fragen, ob seine Familie im Krieg auch Menschen verloren habe, aber er ließ es bleiben. Alle hatten Menschen verloren, die Russen und die Deutschen. Warum die alten Wunden aufbrechen? Aber Denken blieb erlaubt. Peter Komrowski dachte an seine Mutter, die aus Sibirien nicht zurückgekommen war, und an den Vater, der krank aus russischer Gefangenschaft heimkehrte und bald darauf starb. Jurij dachte an das Dorf Smolny, für das sie das Wort »verbrannte Erde« erfunden hatten.
Peter Komrowski schlug vor, die Strecke bis zur früheren Grenze mit dem Taxi abzufahren, nur um zu sehen, was übrig geblieben war.
Da ist nichts, was du sehen könntest, meinte Jurij, fuhr aber wie gewünscht durch die Stadt Wehlau nach Insterburg und weiter bis Gumbinnen und durch die vielen Orte, die es einmal gegeben hatte.
In Gumbinnen aßen sie zu Mittag, sprachen über Kapusta und Borscht, über Sauerkraut und Pellkartoffeln, Rüben und Kartoschke. So kamen sie sich näher. Und Kwas gab es zu trinken, aber keinen Wodka.

Das haben wir von den Deutschen gelernt, sagte Jurij. Ein Taxifahrer darf keinen Wodka trinken.
Die Rückfahrt zur großen Stadt verbrachten sie in heiterer Stimmung. Peter Komrowski bewunderte Mohn- und Kornblumen am Straßenrand, Jurij dachte an sein Dorf und die verbrannte Erde.
Vor dem Hotel schüttelten sie sich die Hände.
Freundschaft, sagte Jurij.

De oole Fretz

De oole Fretz kunn seck met sienem Voader nech recht verdroage. Sien Voader säd emmer: »Fretz es een Querpieper on Poet. De moakt seck nuscht ut Soldoate on ward mie miene janze Oarbeit verdarve.«
Fretz wär joa schon groot on sien Voader kun so rechtig booßig sien. Denn schloog he dem Fretz, verwalkt em noa Strech on Foadem, wenn alle Soldoate tokiekte. Dem Fretz jefull dat nech, he wull seck dat nech länger jefalle loate. On he wär ook truurich. Nu warscht du emmer jretter on alle sehne to, wi de Voader di schleit. Dat es nech recht so.
He hadd eenem Frind on de wär ook truurich, dat de Fretz nech good behandelt wurd. Nu hadde seck beide bered, se ware noa Frankreich utriete. Jesoagt, jedoane, beide kneepe ut. Kort fär de Grenz wurde se jepackt on enjesparrt en eene Festung bi Woater on Broad.
Sienem Voader wär et emmer noch nech genoog. He säd: Sien Frind, de em geholpe hät, mott dootjeschoate ware. On de Fretz musst am Fenster stoahne on kieke, wat se met sienem Frind

anstellte. Rutgoahne durft he nech, denn wär he velleicht wedder wechjerennt. Vär siene Oage wurd de Frind dootjeschoate. Dat moakt dem Fretz sehr truurig. Trotz allem wurd he noch e groote Keenig, oaber sienem Voader häd he dat nie verjeete.

Verspätete Sedanfeier

Wir feiern die Feste, wie sie kommen, sagten sie in Koljewo. Wenn sie verspätet eintreffen, feiern wir sie mit Verspätung. Die Nachricht von der Einweihung einer Siegessäule in Berlin erreichte Koljewo am zweiten Septembersonntag, also mit gehöriger Verspätung. Der Kaiser habe, so sagten es die Depeschen, der Feier hoch zu Ross beigewohnt, mit ihm die deutschen Fürsten, deren Armeen den Sieg von Sedan erfochten hatten. Da im Masurischen alle wichtigen und unwichtigen Dinge immer ein bisschen später geschehen, Weltuntergänge mit Verzögerung hereinbrechen, auch freudige Ereignisse sich ihre Zeit lassen, fiel die Verspätung nicht sonderlich auf, als die Koljewoer beschlossen, die Siegesfeier, die in Berlin am 2. September begangen worden war, am 19. September nachzuholen, gleich nach Kleinmittag. Die Verzögerung traf sich auch deshalb gut, weil die Leute Anfang September noch mit der Feldarbeit zu tun hatten. Am 19. September, als die Fäden des Altweibersommers ihre Netze spannten und die ersten bunten Blätter durch die Gärten taumelten, war es gute Zeit für eine Siegesfeier.

Das Ereignis musste auch gehörig vorbereitet werden. In der Schule malten die Kinder die Umzingelungsschlacht von Sedan auf eine Wandtafel, nahmen den spitzbärtigen Napoleon gefangen, jeden Morgen dreimal. Sie sangen patriotische Lieder, die dem Kaiser gefallen sollten, wenn er denn nach Koljewo käme. Doch der Kaiser war verhindert, er musste am 19. September ein Schiff vom Stapel lassen. Es kam auch kein Grußtelegramm, was die Koljewoer nicht daran hinderte, den Kaiser festlich gekleidet auf ein schwarzes Pferd zu setzen und, begleitet von Pauken und Trompeten, zum Dorfplatz zu führen. Den Kaiser spielte für den Tag des Festes der Schmied Bräsig, der von Statur und Auftreten dem Original nahe kam, ihn aber im Gewicht deutlich übertraf. Eine Siegessäule wurde auch herbeigeschafft. Vier Tannen hatten sie geschlagen, die Spitzen zusammengebunden und die Bäume so aufgerichtet, dass sie wie eine Pyramide in den Himmel ragten. Eine Siegesgöttin ließ sich auf die Schnelle nicht auftreiben, also banden sie ein Bund Stroh an die Spitze der Pyramide und verkündeten die Absicht, am späten Abend bei völliger Dunkelheit die Siegessäule nebst Viktoria abzufackeln. In dem Punkte wollten sich die Koljewoer von der Sedanfeier in Berlin unterscheiden: Es musste brennen.
Einen Helden, der bei der Schlacht von Sedan mitgewirkt hatte, konnten sie nicht auftreiben,

nur den Stellmacher Gutzeit, der zehn Meilen vor Sedan vom Pferd gefallen war und seitdem humpelte. Ihn fuhren sie mit einer Kutsche zum Dorfplatz. Dort musste Gutzeit sich anhören, was die Schulkinder sangen und aufsagten. Er erzählte ihnen von dem Spitzbart Napoleon, den er aus der Ferne auf einem Klapperwagen gesehen hatte, während Bismarck vom Pferd herab ihm die Leviten las. Am Ende ließ Gutzeit den deutschen Kaiser hochleben, womit das Signal gegeben war, die Flaschen zu entkorken. Abends schmückte sich das Dorf mit dem stattlichen Feuer der Siegessäule und anschließendem Besäufnis. Die Siegessäule wurde größer und größer, und der Schein der brennenden Victoria leuchtete über die Kreisstadt hinaus bis nach Berlin.

Nachdem es gut ausgegangen war, beschlossen die Koljewoer, Sedan im nächsten Jahr wieder zu feiern, und dann weiter und weiter, immer am 19. September, wenn die Ernte eingebracht war.

Den letzten Sedantag begingen sie wieder mit Verspätung. Der Kaiser war längst nach Holland gereist, als sie in Koljewo noch einmal den Sieg von Sedan feierten, einen letzten Sieg überhaupt. Danach verstarb der Stellmacher Gutzeit, und niemand konnte mehr von Sedan erzählen.

Zu Gast in Masuren

Geschah es im Jahre 1940 oder 50 Jahre später? Jedenfalls in einem Sommer, der es gut meinte mit dem Land und seinen Menschen. Um die Mittagszeit radelten sie in ein masurisches Dorf, dessen Name die Geschichte vergessen hatte. Am Dorfplatz stiegen sie ab, eine Frau und ein Mann. Er stellte die Räder in den Schatten, die Frau wickelte Brote aus. Sie wollten sich gerade auf einen Stein setzen, als ihnen gegenüber eine alte Frau vor die Tür trat.

Kommt doch, kommt!, rief sie und winkte ihnen zu.

Auf ihr Rufen kamen einige Hühner angelaufen, auch eine schwarze Katze, die um die Beine der alten Frau schnurrte. Sie kam über die Straße zu den Radfahrern, Hühner und Katze folgten ihr.

Se werden doch hier nich aufe Steine Mittag essen, meinte sie. Kommen Se man, kommen Se in meine Kich. Ich hab frisches Brotche jebacke, und Butter jibt's reichlich. Der Fladen is jrad aus dem Ofen jekommen, is noch janz warm. Wenn es verlangt wird, kann ich auch Flinsen backen.

So redete sie und redete, bis die beiden Radler ihr

ins Haus folgten. Sie wischte den Tisch ab, holte Stühle aus dem Nebenzimmer und trug reichlich auf. Immer wieder nötigte sie zum Essen, aß selbst aber kaum. Der Gastgeber isst, was übrig bleibt, heißt es in Masuren.

Auch die Hühner kamen in die Küche. Die Alte warf ihnen Brotkrumen hin. Dabei fielen ihr die Eier ein.

Ein Eichen für jeden is auch da, sagte sie und schlug Eier in die heiße Pfanne. Dazu holte sie ein paar Striemelkes Speck von der Lucht.

Die Katze sprang auf den Küchentisch und sah zu, wie sie aßen.

Du kriegst erst, wenn die Herrschaften satt sind, sagte die Frau zu der Katze.

So ging es weiter mit Auftragen und Nötigen, mit hier noch ein Stückchen und da ein Schlubberchen. Na, ihr werdet doch nich meine sauren Gurken vergessen. Und Schmalzbrot mit Grieben schmeckt zu jeder Tageszeit. Schmand ist auch genug da.

Nachdem sie alles probiert hatten, traten sie vor die Tür, um ihre Reise fortzusetzen. Der Mann zog die Brieftasche.

Geld nehm ich nich, sagte die alte Frau. Geld macht die gebende Hand schmutzig. Es genügt, wenn ihr an mich denkt.

Und so dachten sie denn. Während sie fuhren, dachten sie an die alte Frau mit den Hühnern und der Katze und an den schönen masurischen Sommer.

Kommt bald wieder!, rief sie ihnen nach.

Das muss 1940 geschehen sein oder 1990. Ist auch einerlei; in Masuren gibt es keine Zeit.

Die Vergangenheit saß auf der Treppe

Gerhard Koslowski hatte mit allem gerechnet, zum Beispiel mit Ergriffenheit beim Anblick alter Häuser. Oder mit Ärger, wenn du siehst, wie das Unkraut die Blumen erstickt und die Brennnesseln höher wachsen als die Johannisbeersträucher. Mit Nachdenklichkeit beim Abwandern alter Wege. Mit Trauer an gewissen Gedenksteinen, aber auch mit ein bisschen Spaß, denn er fuhr in ein Land, in dem Trauer und Spaß von jeher Geschwister waren.
Er hatte an alles gedacht, nur Weinen war ihm nicht in den Sinn gekommen. Dafür lag das, worüber er hätte weinen können, zu weit zurück, war zugedeckt mit dem heilenden Schleier der Zeit. Wenn du 45 Jahre alt bist, weinst du kaum noch auf Beerdigungen. Die Augen geben nur Wasser ab, wenn du Zwiebeln schneidest oder ein scharfer Wind dir ins Gesicht bläst.
Mit solchen Gedanken fuhr er los, wohlvorbereitet und wohlgeordnet. Der reiche Schatz der Erinnerungen war in den richtigen Schubladen, mit ordentlichen Etiketten versehen, gut verschlossen, aber jederzeit abrufbar, falls er gebraucht wurde.

Eine durch und durch kontrollierte Reise. Jede Stunde genau geplant. Einen Tag für Frauenburg, zwölf Stunden für Heiligelinde, morgens Angerburg, mittags Lötzen, abends Wolfsschanze. Sein akkurater Fahrplan enthielt keine Rubrik für Sentimentalitäten und für Weinen schon gar nicht. Nur nicht die Beherrschung verlieren! Es gab nichts, was Gerhard Koslowski aus der Fassung bringen konnte. Weder der Besuch der alten Schule, in der nach seiner Erinnerung mehr gesungen als gerechnet worden war, nicht der Anblick des verfallenen Elternhauses. Keine Träne wird er dem Pferdestall nachweinen, in dem er als Siebenjähriger geschlafen hatte, um zu beweisen, dass er ein Mann sei. Für alle Fälle lagen ein paar heitere Erinnerungen bereit, die ihn aufmuntern sollten, wenn er gar zu trübsinnig wurde: Schneeballschlachten auf dem Schulhof, Einbrüche in viel zu dünnes Eis, Pferde in die Schwemme reiten. Wie war das damals eigentlich, als der Zirkus ins Dorf kam?

Anfangs lief alles gut. Na ja, nach 35 Jahren war das kein Wunder. In dieser langen Zeit haben sich Halden aufgetürmt und das Vergangene verschüttet. Auch weißt du inzwischen, wie es in der Welt zugeht. Was dir als Kind so einmalig vorkam, ist längst zur Alltäglichkeit geworden. Es geschieht immer wieder, und die Welt gewöhnt sich langsam daran, dass es geschieht. Sie wird nicht klüger.

Wie gesagt, es ging gut, bis der alte Borek, bei dem

Gerhard Koslowski Quartier gefunden hatte, eines Nachmittags keinen Wodka mehr besaß. Das war so schlimm, wie wenn im kalten Winter der Ofen ausgeht.

Mensch, Gerhard, kannst nicht mit mir in die Stadt fahren, um eine Buddel zu holen? Es sind ja bloß sechs Kilometerchen, und wenn wir dein Auto nehmen, sind wir in einer halben Stunde zurück.

Er tat ihm den Gefallen, denn es waren wirklich nur sechs Kilometerchen. Als sie auf dem Marktplatz der kleinen Stadt hielten, wollte der Schnapsladen gerade schließen. Aber Borek bekam noch den Stiefel in die Tür, empfing die Buddel und war zufrieden. Damit war auch das erledigt. Aber von wegen, in einer halben Stunde werden wir wieder zu Hause sein! Borek steuerte auf eine Bank zu, die auf dem Marktplatz stand. Dort öffnete er den Verschluss und sagte, bevor er trank: Dieses kleine Nest musst du eigentlich auch kennen, Gerhard.

Er zeigte auf die Häuserreihen. Drei Seiten des Marktplatzes sind im Krieg abgebrannt, aber die Ostseite steht noch, und die müsstest du kennen. Er wischte, nachdem er getrunken hatte, mit dem Handrücken die Lippen ab, drehte den Schraubverschluss umständlich auf die Flasche.

Gerhard Koslowski besaß nur schwache Erinnerungen an die kleine Stadt, obwohl er in ihrer

Kirche getauft worden war. Aber zu damaliger Zeit fuhren die Leute selten in die Stadt, ein Kind schon gar nicht. Er hatte nicht einmal ein Fahrrad besessen. Damals konntest du froh sein, wenn dich ein Pferdefuhrwerk mitnahm, das Briketts oder Kunstdünger vom Kleinbahnhof holte oder Kartoffeln hinbrachte. Aber an eines erinnerte er sich recht gut: An der Ecke, an der jetzt eine Steintreppe in den Schuhladen führte, gab es damals für einen Dittchen Waldmeistereis. Bestimmt wird es auch andere Dinge gegeben haben, Bier zum Beispiel und Schnaps oder Königsberger Klopse, aber Gerhard Koslowski erinnerte sich nur an giftgrünes Waldmeistereis.

Eine alte Frau saß auf der Steintreppe, saß da, wie alte Frauen nach getaner Arbeit zu sitzen pflegen. Sie trug ein langes, graues Kleid, das bis zu den Schlorren reichte. Ein weißes Kopftuch hielt die weißen Haare zusammen. In einer schmutzigen Schürze lagen Kartoffeln, die die Frau schälte, während sie dem Treiben auf dem Marktplatz zuschaute.

Willst du auch ein Schlubberchen?, fragte Borek und hielt ihm die Flasche hin.

Gerhard Koslowski schüttelte den Kopf, weil er noch sechs Kilometerchen Autofahrt vor sich hatte und weil er an das grüne Waldmeistereis denken musste.

Borek blickte nun auch zur Treppe.

Das ist die alte Frau Radke, brummte er.
Ist sie Deutsche?
Na ja, was man so deutsch nennt. Bis 1945 war sie jedenfalls Deutsche. Was sie jetzt ist, weiß ich nicht. Jedenfalls spricht sie noch einigermaßen Deutsch.
Koslowski sah der Frau beim Kartoffelschälen zu. Das zerfurchte Gesicht kam ihm bekannt vor, erinnerte ihn an weit zurückliegende Begegnungen. Aber es gab da nichts Bestimmtes, nichts Greifbares, und der Name Radke sagte ihm auch nichts.
Eigentlich müsstest du sie kennen, meinte Borek. Die hat sich auch in dieser Gegend herumgetrieben, als der Krieg zu Ende ging. Genauso wie du. Aber sie ist hiergeblieben, und ich bin in den Westen gekommen.
Die Kinder der alten Radke sind auch im Westen. Sie haben immer geschrieben, sie sollte kommen, aber sie wollte nicht.
Borek nahm einen zweiten Schluck aus der Flasche, verstaute das kostbare Stück unter seiner Joppe und steuerte auf die alte Frau zu.
Komm mit, forderte er Gerhard Koslowski auf.
Der alte Borek begrüßte die Frau und setzte sich neben sie auf die Steintreppe. Er winkte Koslowski zu, ebenfalls Platz zu nehmen, aber der blieb lieber stehen, weil ihm der Anzug zu schade war.
Sieh mal, wen ich mitgebracht habe, Oma Radke!

Das ist der Junge vom Schneider Koslowski, der Gerhard. Der ist auch hier gewesen, als die Russen kamen. Aber damals war er noch ein kleiner Hosenscheißer. Sieh mal, was das für ein Kerl geworden ist, ein richtiges ausgewachsenes Mannsbild.
Die alte Frau wischte die Hände an der Schürze ab und legte das Kartoffelschälmesser neben sich auf die nackten Steine. Dann erst blickte sie auf, richtete ihre grauen Augen auf Gerhard Koslowski. Er sah es ihr an, welche Mühe es ihr machte, einen in der Vergangenheit verloren gegangenen Faden wiederzufinden. Borek wollte ihr helfen und fragte: Wie alt warst du damals, Gerhard?
Als der Krieg zu Ende ging, war ich gerade zehn.
Ihr Gesicht hellte sich auf. Plötzlich schien sie zu begreifen. Ach, das ist der kleine Gerhard, der Junge vom Schneider Koslowski!
Sie lächelte zufrieden, weil sie endlich einen Anknüpfungspunkt gefunden hatte.
Ich weiß, ich weiß, sprach sie leise. Das war das kleine Jungche, das damals so geweint hat, als sie ihm die Eltern weggenommen haben.
Koslowski spürte, wie sich die Treppe verformte. Auf einmal konnte er nicht mehr stehen. Er klammerte sich an den Handlauf, musste Platz nehmen auf den ausgetretenen Steinen, auf denen sich die Vergangenheit breitgemacht hatte, sich vor ihm auftürmte wie ein erdrückender Fels.
Nein, christlich war das wirklich nicht, was sie mit

dem Jungen gemacht haben, fuhr die alte Frau fort. An einem Tag holten sie den Vater und zwei Tage später die Mutter. Eine Woche lang hat das Kind geweint und nichts gegessen.

Koslowski kam sich vor wie ein Mensch, der am Fuße eines Staudamms steht und plötzlich sieht, wie über ihm die Mauer nachgibt.

Weißt du noch, dass in der Stube, in der sie deinen Vater verhörten, ein altes Klavier stand? Vom Verhör haben wir draußen nichts verstanden, aber manchmal haute einer der Soldaten mit der Faust auf die Klaviertasten. Das schallte durchs ganze Haus.

Die Mauer des Staudamms barst endgültig. Eine mächtige Flutwelle wälzte sich auf Gerhard Koslowski zu. Ohnmächtig stand er vor dem tosenden Berg, der aus der Vergangenheit aufgetaucht war und auf ihn einstürmte.

Ein Soldat hat sogar geschossen. Da dachten wir alle: Ach, nun ist der Schneider Koslowski tot! Aber sie wollten ihm nur Angst einjagen.

Ist gut, ist gut, mischte sich Borek ein.

Aber die Frau erzählte weiter. Man sah ihr an, wie froh sie war, nun endlich den Faden gefunden zu haben.

Die Mutter haben sie gar nicht verhört. Die haben sie so mitgenommen, wie sie da stand, und das mitten im Schneegestöber. So hoch waren die Schanzen.

Die Frau hielt ihre Hand an die vierte Stufe der Steintreppe.
Sie hätten wenigstens auf besseres Wetter warten können, als sie deine Mutter holten.
Borek stand auf und packte Koslowski am Arm.
Nu wein man nicht gleich, Gerhardchen, sagte er, holte die Wodkaflasche aus der Joppe und hielt sie ihm unter die Nase.
Mensch, das ist 35 Jahre her, da braucht kein Mensch mehr zu weinen.
Gerhard Koslowski verbarg sein Gesicht in den Händen. Was sind schon 35 Jahre, wenn die Vergangenheit vor dir auf der Treppe sitzt?

Die Fische im Beldahnsee

Der Fischer Urban verbrachte die meisten Tage an seinem See. In der warmen Jahreszeit warf er die Angel vom Kahn aus ins Wasser, im Winter schlug er Löcher ins Eis und ließ sich Zeit, auf die Fische zu warten. Er kannte das Gewässer, seine Tiefen und Sandbänke und konnte den Fischen auf ihrem Zug durch den See folgen. Manchmal schien es ihm auch, als folgten sie ihm; sie schwammen gern in der Nähe seines Kahns und sprangen zu seiner Belustigung aus dem Wasser. Jedenfalls brachte Urban mehr Fische nach Hause als andere Fischer, was die einen verwunderte, die anderen ärgerte. Wie stellt er es nur an, so reich mit Fischen gesegnet zu werden?, fragten sie. Macht er den Fischen schöne Augen? Singt er ihnen Lieder vor oder krümelt er Brotstücke über den Bootsrand, so dass sie herbeieilen, erst das Brot und dann den Köder schlucken?

Da Urban ein verschwiegener Mensch war, der sein Geheimnis nicht preisgeben wollte, lauerten sie ihm auf. Wenn er den Kahn ins Wasser schob, um hinauszufahren, kletterte einer in den Fichtenbaum am Ufer, um aus der Höhe zu sehen,

wie Urban es anstellte. Auffälliges konnte er nicht berichten. Für gewöhnlich ruderte Urban an die 100 Meter hinaus, verpustete sich dort hinter hohem Schilfrohr, nahm einen Schluck aus der Bärenfangflasche, besann sich und warf die erste Angel in die Tiefe. Nicht lange, schon zuckte die Schnur, und im Sonnenlicht über den Wellen blinkerte ein Hecht, ein respektables Tier, das Urban mit einem Schlag auf den Kopf zur Ruhe brachte und in einem Sack verwahrte.
Das alles sah der Späher im Fichtenbaum. Er nahm auch wahr, wie Urban danach der Ruhe pflegte und erneut einen Schluck trank, bevor er die Angel dem Wasser übergab, wo es bald wieder zuckte. Zum Vorschein kam ein etwas klein geratener Fisch, den Urban vom Haken löste und in die Freiheit warf.
So ging es weiter bis Kleinmittag. An die zehn Fische fing er, was ihm ausreichend vorkam für einen Tag. Da auch die Flasche leer war, beschloss er, es genug sein zu lassen und seinen Fang nach Hause zu tragen. Der Späher im Baum hatte nichts bemerkt, was den Fischsegen erklären konnte. Als Urban gegangen war, versuchte er es an der gleichen Stelle, fing aber nichts.
So ging es den ganzen Sommer über. Die Fischer fürchteten, Urban werde den See leer fischen und nichts für sie übrig lassen.
Die größeren Fische trug Urban ins Hotel »Kron-

prinz«, wo feine Leute aus der Stadt einkehrten und zu Mittag aßen. Sie bezahlten gutes Geld, und Urban nahm die Gelegenheit wahr, im »Kronprinzen« mehrere Flaschen Bärenfang einzukaufen, die er zum Kahn trug und unter dicken Brettern verwahrte. Eines Tages stellte der Koch des »Kronprinzen« Urban zur Rede. Ein Gast habe an seinem Hecht, obwohl gut gebraten, gesalzen, mit Pfeffer und Zwiebelchen gewürzt, eine gewisse Süße verspürt und die Frage gestellt: Wie kommt der Zucker in den Fisch?

Urban wusste darauf keine Antwort. Das Wasser des Beldahnsees unterschied sich in nichts von den anderen masurischen Gewässern, es schmeckte weder süß noch sauer, zur Not konnte man es trinken.

Nachdem sich die Beschwerde aus dem »Kronprinzen« bei den Fischern herumgesprochen hatte, machte sich wieder einer auf den Weg, um den Urban bei der Arbeit zu beobachten. Bevor der Tag graute, fuhr der Späher ins Schilf, versteckte sich dort und wartete auf Urban. Der kam mit dem ersten Sonnenlicht und begann seine Arbeit wie immer mit einem Schluck aus der Flasche. Dann bemerkte der Späher Seltsames. Urban goss einen zweiten Schluck in die hohle Hand, rieb damit die Flasche ein, korkte sie zu, band sie an einen Draht und hängte sie ins Wasser. Kaum hatte er die Angel neben der Flasche ins Wasser geworfen, zuckte es wieder, und der erste Fisch hing am Haken. So ging es weiter. Nach jedem Fang nahm Urban einen Schluck, rieb die Flasche mit Bärenfang ein und versenkte sie im See. Der Fischsegen muss mit der Flasche zusammenhängen, dachte der Späher. Am Abend versammelten sich alle Fischer in einem Bootsschuppen, um zu beratschlagen. Urban schlug vor, sie sollten wie er die Hechte mit Honigschnaps anlocken.

Es werde bald keine Fische mehr im Beldahnsee geben, wenn alle mit Honigschnaps angelten, gab einer zu bedenken.

Urban wollte den Koch des »Kronprinzen« bitten, eine Geschichte in die Zeitung zu setzen, betitelt: Die süßen Fische vom Beldahnsee. In Masuren trinken sogar die Hechte Bärenfang, und ihr Fleisch schmeckt süß und lieblich, sollte in der Zeitung stehen. Nach einem solchen Bericht kämen Besucher aus der ganzen Provinz, die das Wunder bestaunen und süßen Hecht mit Majoran essen wollten.

Sie redeten hin und her. Am Schluss tat es ihnen leid, den süßen Schnaps im Wasser zu vergeuden, sie wollten ihn lieber selber trinken. Und dem Urban wurde verboten, sich weiterhin mit Bärenfang einen Vorteil in der Fischerei zu verschaffen.

Ein Bote für Dobre Miasto

Der Mann hieß Christofzik und lief uns im letzten Herbst des 20. Jahrhunderts zu wie ein herrenloser Hund. Ja, so muss man es sagen. Hund klingt etwas hart, aber herrenlos trifft genau. Es gab Arbeitslose in Hülle und Fülle, aber als die Firma einen Boten suchte, der Konnossemente austragen, Bankauszüge holen und eilige Briefe zum Postamt bringen sollte, meldete sich niemand. Ja, Ausländer, aber ein Bote muss wenigstens Deutsch sprechen und sich in der Stadt auskennen.

Auf die dritte Anzeige im Lokalblatt erschien Nikolaus Christofzik. Schon der Vorname gab zu denken. Das Vorzimmer wollte ihn nicht ins Büro lassen, weil er eher einem Bettler als einem Boten glich. Und dann sein Alter.

Bekommen Sie keine Rente?, fragte ich ihn, als er steif vor mir im Kunstledersessel saß, die Ellenbogen an den Körper gepresst, die Schuhe ausgerichtet wie auf dem Appellplatz, sich große Mühe gebend, nicht die Rückenlehne und die seitlichen Armstützen zu berühren. Ich fragte ihn also, warum er keine Rente bekomme.

Aber natürlich bekäme er Rente. Sie sei zwar

bescheiden, aber sie reiche für ihn. Trotzdem wolle er arbeiten.
Also Langeweile?
Christofzik schüttelte den Kopf. Nein, auch das nicht.
Aber irgendeinen Grund muss es doch geben, warum Sie in Ihrem Alter arbeiten wollen!
Seine Hände griffen nun doch zur Sessellehne. Er suchte nach passenden Worten.
Ach, wissen Sie, lieber Herr, sprach er stockend, wenn die Menschen das Wort Arbeit hören, denken sie noch wie früher, als man zwölf Stunden am Tag schuften musste und sechs Tage in der Woche und nur sonntags zum Kirchgang frei bekam. Heute ist das anders. Heute ist Arbeit eine Gnade.
Das verschlug mir die Sprache. Ich hatte ihn nach ein paar freundlichen Worten davonschicken wollen. Aber nun ging es nicht mehr. Du bist ja ein kleiner Philosoph, Nikolaus Christofzik, dachte ich und blickte in seine Papiere.
Wo liegt eigentlich dieses Guttstadt?
Früher war es Ostpreußen, heute ist es Polen, sagte er mit jenem breiten, östlichen Akzent, der gemütlich und versöhnlich zugleich klingt.
Als ich ihn fragte, ob er noch Verwandte drüben habe, schüttelte er den Kopf. Er habe überhaupt keine Verwandten, weder hier noch drüben. Dabei komme er aus einer großen Familie. Er sei am Leben, weil er in jenem unseligen Winter 1945 in

der deutschen Wehrmacht gedient und nicht zu Hause gewesen sei.
Sind Sie nach dem Krieg mal wieder dort gewesen?
Seit 1972 fahre ich Jahr für Jahr nach Guttstadt.
Sie arbeiten also, um Ihre Reisen zu finanzieren. Endlich glaubte ich, eine vernünftige Erklärung gefunden zu haben.
Nein, damit habe seine Arbeit nichts zu tun. Er denke nur, es sei gut zu arbeiten, solange der Mensch lebe.
Wissen Sie, lieber Herr, wer zu arbeiten aufhört, schickt dem Sensenmann eine Einladung zum Kommen.
Du bist wirklich ein seltsamer Heiliger, Christofzik! Willst dem Tod durch Arbeit davonlaufen, hast keine Zeit zum Sterben, weil unerledigte Arbeit herumliegt.
Zuletzt habe er Hefte für einen Lesezirkel ausgetragen, erklärte er. Vor zwei Jahren habe der Lesezirkel auf Autoauslieferung umgestellt. Er wollte den Führerschein machen, aber die Leute vom Lesezirkel meinten, es ginge nicht. Man könnte einem Siebzigjährigen keinen Firmenwagen anvertrauen.
Botengänge in der Stadt sind auch kein Vergnügen für einen alten Mann, gab ich zu bedenken und erzählte ihm vom feuchten Novemberwetter und der Eisglätte im Winter.
Haben Sie wenigstens ein Fahrrad?
Christofzik behauptete, ein Stadtbote sei am

schnellsten zu Fuß. Das habe er in vielen Jahren ausprobiert. In den Außenbezirken käme man mit Fahrrädern besser zurecht, und auf dem platten Lande sei ein Auto nicht zu schlagen, aber in der Innenstadt verlasse er sich auf Schusters Rappen. Er bot mir eine Wette an. Eine Woche lang wollte er ohne Lohn probeweise als Bote arbeiten und mir beweisen, wie pünktlich und zuverlässig ein Fußgängerbote sei.

Das geht nicht, dachte ich. Wenn der Kerl auf der Straße zusammenbricht, steht nachher in der Zeitung, ein renommiertes Handelshaus habe sich unterstanden, einen alten Mann auszubeuten.

Eine Woche nur, bettelte er.

Ich nahm ihm das Versprechen ab, wie ein normaler Spaziergänger zu gehen. Nicht im Dauerlauf und nicht bei Rot über die Straße. Er fragte nicht mal nach der Arbeitszeit. Als ich ihm sagte, er bekäme in der Probewoche acht Mark je Stunde, lächelte er nur, als sei Lohn eine unwichtige Nebensächlichkeit.

Später merkte ich, dass er mit dem Alter gemogelt hatte. 74 hatte er gesagt, aber die Papiere bewiesen, dass er in zehn Tagen fünfundsiebzig wurde. Einen 75-jährigen Boten! So etwas hatte es in unserer Firmengeschichte noch nie gegeben.

Die Damen im Vorzimmer bat er gleich am ersten Tag um eine Gefälligkeit. Falls die Firma ihm mal einen Brief schicke – es könnte ja sein –, solle man

es ihm bitte sagen. Er wisse dann, dass er in den Briefkasten zu sehen habe. Sonst kümmere er sich nämlich überhaupt nicht um den Briefkasten, nur wenn er Post erwarte, zum Beispiel die Stromrechnung oder die Steuerkarte.
Wegen der Post gab es die erste Panne. Es ist in unserer Firma üblich, den Mitarbeitern zum Geburtstag eine Glückwunschkarte zu schicken, eine routinemäßige Aufmerksamkeit, die der Computer auswirft. So bekam auch Christofzik zum 75. Geburtstag eine Karte. Es war ihm furchtbar unangenehm, dass er den Glückwunsch erst sieben Tage später im Briefkasten entdeckte. So konnte er sich nicht sofort bedanken. Die Damen im Vorzimmer sagten ihm, es sei nicht so schlimm, aber er bestand darauf, in mein Büro zu kommen und sich dieser Nachlässigkeit wegen zu entschuldigen. Er hatte Angst, ich würde sagen, als 75-Jähriger gehöre er auf eine Bank im Park und nicht mit der Botentasche unterm Arm in den Straßenverkehr. Aber ich brachte es nicht fertig.
Schäfer von der Materialverwaltung hat ihn einmal bei der Arbeit beobachtet, seitdem glaubt auch er an die Überlegenheit der Fußgänger im Innenstadtverkehr. Nicht, dass Christofzik gerannt sei, nur ein zügiges Marschtempo habe er eingeschlagen. Umsichtig habe er die Grünphasen der Ampeln studiert, den Weg so gewählt, dass er nie bei Rot habe warten müssen. Keine Mühe wegen

eines Parkplatzes. Keine Sorgen um das Anketten und Luftaufpumpen eines Fahrrades. Christofzik sei immer gleich da gewesen.
Nach einem Vierteljahr sah ich ihn in der Pförtnerloge sitzen und auf besseres Wetter warten. Es goss wie aus Eimern. Christofzik hatte längst Feierabend, aber das Wetter ließ ihn nicht nach Hause.
Ich nehme Sie mit im Auto, sagte ich.
Er wollte nicht. Er sei Regen gewohnt. Außerdem habe er keine Eile. Das Unwetter werde aufhören. Er könne warten. Er habe viel Zeit.
Ich bestand darauf, ihn nach Hause zu fahren. Unsicher stieg er in mein Auto, sprach kein Wort, bis wir seine Straße erreichten. Er bat mich anzuhalten. Die letzten fünfzig Meter wolle er laufen.
Sind wir so weit gefahren, bringe ich Sie auch vor die Tür, sagte ich und bog in seine Straße.
Da stand er nun unter einem grauen Regenschirm und bedankte sich überschwänglich. Irgendetwas bewegte ihn. Er hielt es wohl für ein Gebot des Anstandes, mich zu fragen, ob ich in seine Wohnung kommen und einen Kaffee trinken wolle. Er fragte mit zusammengekniffenen Augen voller Hoffnung, ich würde ablehnen.
Zu jedem anderen hätte ich Nein gesagt, aber nicht zu Christofzik. Ich wollte sehen, wie dieser wunderliche Mensch lebte. Er erschrak heftig, als ich ausstieg und mit ihm in der Tür des alten Mietshauses verschwand. Er beteuerte, wie unauf-

geräumt seine Wohnung sei. Schließlich komme ich unangemeldet. Es wäre doch besser, wenn ich ihn ein andermal besuchte. Außerdem wohne er sechs Treppen hoch in einer Mansardenwohnung. Als ich seine Bude mit den schrägen Wänden betrat, glaubte ich, im Lagerraum eines Paketpostamtes zu sein. Verschnürte Pakete stauten sich auf der Fensterbank und verdunkelten die Stube. Anschriftenzettel lagen herum. Eine Rolle Bindfaden hing, halb abgespult, am Kleiderhaken. Packpapier bedeckte den Fußboden. Ein Topf mit Kleister stand auf der Fensterbank. Ich habe es Ihnen ja gesagt, entschuldigte sich Christofzik. Mein Blick fiel auf die Anschriften der versandfertigen Pakete. Polnische Namen. Darunter immer dieselbe Ortsbezeichnung: Dobre Miasto.

Was ist das für ein Ort?

So heißt Guttstadt heute.

Ich denke, Sie haben keine Verwandten drüben?

Das sind keine Verwandten, erwiderte Christofzik feierlich. Es sind Menschen, denen ich dort begegnet bin und die freundlich zu mir waren. Auch viele Kinder.

Auf einer Anrichte lagen Dutzende von Schokoladentafeln, daneben Berge aus Kaugummi.

Als sie in Guttstadt die Kirche reparieren wollten, habe ich Nägelchen rübergeschickt.

Sie spielen also den reichen Onkel aus dem Westen, lachte ich.

Spielen ist nicht der richtige Ausdruck, antwortete Christofzik ernst. Ich b i n der reiche Onkel.

Inzwischen weiß ich, wie die Geschichte ausgegangen ist. Im letzten Sommer ist Nikolaus Christofzik wieder nach Dobre Miasto oder, wenn du willst, nach Guttstadt gefahren. Reich bepackt mit Geschenken. Dort ist er gestorben an einem Freitagabend um halb neun im 76. Jahr. Und die Bürger der Stadt haben ihm ein großes Geleit gegeben und ihn zur Ruhe gebettet auf dem Friedhof von Dobre Miasto oder, wenn du willst, Guttstadt. … Es ist noch immer dieselbe Erde.

Der Engel von Mensguth

Vor 400 Jahren bereiste ein niederländischer Maler das alte Preußen und kam an einem sonnigen Herbsttag ins Masurische, wo er die Dorfkirche von Mensguth besuchte. Er fand sie nicht ausreichend geschmückt. Über dem Altar hing nur ein leeres Holzkreuz von vier Metern Höhe, darunter gähnte Leere. Diese Leere wollte er mit einem Bild ausfüllen. Der Maler bot dem Pfarrer an, für weiter nichts als Kost und Logis ein frommes Bild zur Ausschmückung des Gotteshauses zu malen. Da die Holländer zu jener Zeit einen guten Ruf als Maler hatten, gingen die Kirchenältesten auf den Handel ein und beauftragten ihn, ein Altarbild zu malen.

Der Künstler machte sich sogleich an die Arbeit, ließ aber keine neugierigen Blicke auf das entstehende Werk zu und versprach, es zu Christi Himmelfahrt vor allen Gläubigen in der Kirche vorzuzeigen. Er arbeitete fleißig sieben Tage in der Woche, und als die frommen Masuren am Himmelfahrtsmorgen in die Kirche strömten, sahen sie vor dem Altarkreuz ein weißes Tuch, einem Bettlaken ähnlich. Sie dachten sich gleich,

dass darunter das Bild verborgen liege. Der Meister saß in der ersten Reihe, wartete auf einen Wink des Pfarrers, um das Bettlaken zu entfernen und sein Kunstwerk vorzustellen.
Erst mussten sie singen und beten. Der Pfarrer sprach von der Auffahrt des Herrn zu den Wolken; das weiße Tuch rührte sich nicht. Die Orgel spielte voller Inbrunst, das weiße Tuch rührte sich nicht. Als alle dachten, nun sei endlich der Augenblick der Offenbarung gekommen, verkündete der Pfarrer, erst müsse das Heilige Abendmahl gegeben werden. Die Kirchenbesucher eilten zum Altar, weniger des Brotes und Weines wegen, sondern um dem weißen Tuch nahe zu sein. Der eine oder andere beobachtete ein leichtes Vibrieren, als könne das Tuch es nicht abwarten, das unter ihm schlummernde Geheimnis preiszugeben. Sie beteten. Es folgte der Segen. Schließlich ein Schlussgesang. Nun erhob sich der Künstler, ging würdevoll zu seinem Werk, verneigte sich vor dem Altar und zog das Tuch zur Seite.
Zum Vorschein kam eine Holzplatte, an die zwei Meter lang, darauf geklebt, geheftet, genagelt – was auch immer – ein Bild in bunten Farben: Das letzte Abendmahl des Herrn mit seinen Jüngern. Sie sahen bärtige, langhaarige Männer, in der Mitte Jesus mit wallenden Locken und begannen zu zählen. Plötzlich rief einer: Da ist ja eine Frau! Die Person, die links neben Jesus saß, hatte rot-

blondes Haar, trug keinen Bart und schmiegte sich an ihn, wie es nur Frauen können.

Der Anblick machte alle sprachlos. Die Frauen blickten betreten zu Boden, die Männer schauten sich vielsagend an, einige zwinkerten mit den Augen. Ja, ja, das hatte dem Herrn keiner zugetraut.

Der Pfarrer griff nach dem Tuch, um das Bild wieder zu verhüllen.

Es ist Unzucht und Gotteslästerung!, schimpfte er.

Doch der Künstler stellte sich schützend vor sein Bild.

Warum nicht dem Herrn am Tag vor seiner Kreuzigung eine letzte Freude bereiten und ihm eine Frau geben?, fragte er die Gemeinde. Wer leidet darunter, wenn wir den Herrn, der alles Menschliche gelebt hat, der essen und trinken musste und den gelegentlich der Schlaf übermannte, in seinen letzten Lebensstunden mit einer Frau vereinigen?

Es ging hin und her. Die Frauen fanden das Bild unschicklich, die Männer mochten es leiden, und die Kirchenältesten zogen sich zur Beratung zurück. Sie erwogen es hin und her, prüften auch gewisse Stellen der Schrift und kamen zu dem Satz: Es ist nicht gut, wenn der Mensch allein sei. Ob das auch für den Herrn galt?

Wenigstens für die eine Nacht, in der der Herr verraten wurde, sollte man ihm eine Gefährtin geben, bis der Hahn kräht, sagte einer. Andere meinten,

solche Gedanken seien noch nie gedacht worden. Warum sollte das Kirchlein von Mensguth damit einen Anfang machen?
Der Pfarrer versuchte, den Künstler zu überreden, der Person neben dem Herrn einen Bart zu malen, damit das Weibliche nicht so sehr hervorsteche. Doch lehnte der Meister jede Korrektur am fertigen Bilde ab.
Sie berieten und berieten, bis sie einen Ausweg gefunden hatten. Am Pfingstsonntag trat der Pfarrer vor die Gemeinde, zeigte auf das bunte Bild und verkündete voller Gewissheit – es war ihm von höherer Stelle eingegeben worden –, die Person an der Seite des Herrn sei keine Frau, sondern ein Engel. Gott habe ihn ausgesandt, um Jesus nach der Kreuzigung in sein himmlisches Reich heimzuholen.
Mit diesem Ausgang waren alle zufrieden. Der Engel von Mensguth durfte vierhundert Jahre in den Armen des Herrn ruhen, und wenn die Kirche nicht vom Blitz getroffen wird, soll er weitere 400 Jahre dort verweilen.

Geschichte eines Steins

»Vom Eise befreit sind Ströme und Bäche …«, sang der alte Dichter. Marcus wollte es ihm gleichtun und machte sich, als die anderen noch schliefen, auf den Weg hinaus in die Natur. Er war nicht alt, auch kein Dichter, sondern nur ein Osterurlauber, der den Frühling im Marschenland erleben wollte. Als Erstes ging er hinauf zur Dorfkirche mit dem kleinen Turm. Er fand die Tür verschlossen.

Ostern fängt hier später an, dachte Marcus.

Vom Kirchplatz ging der Blick über die Wiesen zum Bahndamm, der wie ein graues Reptil durchs Land kroch und an einer Brücke endete. Die Brücke überragte das flache Land und ließ den Kirchturm klein aussehen. Kamen Schiffe den Kanal herauf, sahen die Kirchenbesucher die weißen Aufbauten; im November hörten sie die Nebelhörner.

An diesem Ostermorgen war der Kanal nebelfrei, es fuhren auch keine Schiffe. Nur ein Güterzug mühte sich den Bahndamm hinauf, gab rasselnde Töne von sich, fuhr sehr langsam, als fürchte er sich vor der Tiefe. Jenseits der Brücke glitt er hinab zu einem unsichtbaren Bahnhof.

Er spazierte am Turm vorbei, dessen Glocken noch schliefen; kurz vor zehn Uhr werden sie Laut geben und das Dorf aus dem Schlaf schrecken. Hinter dem Turm begannen die mit Kreuzen und Steinen markierten Gräberreihen. Im Vorbeigehen las er die nordischen Namen: Dammann und Petersen, Jansen und Sengelmann. Auch Östliches kam vor. Ein gewisser Pilkusk war in Pommern auf die Welt und hier, unweit der Nordsee, unter die Erde gekommen, wohl ein Flüchtling, den es 1945 ins Marschenland verschlagen hatte.
Unter Lindenbäumen, die noch keine Blätter trugen, fiel ein drei Meter hoher Stein auf, ein Kreuz mit einem schrägen Querbalken. Oben die Inschrift: »13 russische Soldaten«. Wer hatte die an die Nordsee geschickt, mehr als tausend Kilometer von Russland entfernt? Dreizehn Namen in den Stein graviert, der Vorname Iwan kam vier Mal vor. Hinter jedem Namen das Todesdatum, alle waren zur Zeit des Ersten Weltkrieges gestorben.
Die Glocken begannen zu läuten. Der Kirchendiener trat vor die Tür des Glockenhauses und sah zu, wie Marcus das Russengrab besichtigte.
Wissen Sie, was es mit den dreizehn russischen Soldaten auf sich hat?, fragte er ihn. Der Kirchendiener schüttelte den Kopf.
Ich bin fünfzig Jahre alt, aber die liegen hier schon hundert Jahre, sagte er und verschwand im

Glockenhaus. Danach verstummte das Läuten, die letzten Töne prallten gegen den Bahndamm und kehrten leise zurück.

Vor der Tür des Glockenhauses wartete der Kirchendiener.

Sie nennen es Andreaskreuz, sagte er und zeigte zu dem Stein mit dem Querbalken. Im Ersten Weltkrieg soll es ein Gefangenenlager in dieser Gegend gegeben haben; da kommen schon mal Todesfälle vor.

Der Kirchendiener schlug vor, Marcus solle zum Gottesdienst kommen. Danach könne er den Pastor nach dem Russengrab fragen. Der wisse mehr.

Er setzte sich in die letzte Reihe und dachte an den Krieg, der hundert Jahre zurücklag. Zwei große Schlachten wurden zu Beginn des Krieges im Osten geschlagen. Ihre Gefangenen sind wohl per Eisenbahn zur Nordsee gekommen, um hier irgendeine Arbeit zu verrichten. Nach dem Krieg werden sie nach Russland zurückgekehrt sein, bis auf die dreizehn, die auf einem kleinen Dorffriedhof unter dem Andreaskreuz begraben liegen.

Nach dem Gottesdienst führte ihn der Kirchendiener in die Sakristei. Sie interessieren sich für unsere Russen?, fragte der Pastor.

Ich finde es sonderbar, dass auf einem kleinen Dorffriedhof weit weg von Russland und den Schlachten des Ersten Weltkrieges dreizehn russische Soldaten begraben liegen, sagte Marcus.

Genaues weiß keiner, erklärte der Geistliche. Die Dorfbewohner, die den Ersten Weltkrieg erlebt haben, sind inzwischen gestorben. Man müsste mal in den Kirchenbüchern nachschauen.
Wer pflegt die Grabstelle?, wollte Marcus wissen.
Es gibt da einen Reservistenverein der Bundeswehr, der hat die Grabpflege übernommen.
Was hat die Bundeswehr mit den toten Russen zu tun?, wunderte sich Marcus. Es sind auch Soldaten, antwortete der Pastor.
Der Kirchendiener lachte.
Die meisten Arbeiten verrichten die Frauen. Die Reservisten sind verheiratet und schicken, wenn es um die Blumen geht, ihre Frauen auf den Friedhof. Zweimal im Jahr ist Großeinsatz bei den Russengräbern. Im Herbst harken sie Blätter und schneiden die Rosenbüsche, im Frühling pflanzen sie Stiefmütterchen. In der Woche nach Ostern wird wieder jemand zu den Gräbern kommen.
Zu dritt standen sie auf dem Kirchplatz mit der schönen Aussicht zum Bahndamm und der fernen Brücke.
Die Brücke soll im Ersten Weltkrieg gebaut worden sein, wusste der Pastor, und der Kirchendiener sprach von einem Arbeitslager in der Nähe. Da lebten die Gefangenen, die an der Brücke arbeiteten.
Erst Soldaten, dann Gefangene, dann Brückenbauer, dann tot, dachte Marcus.

Er wartete noch ein paar Tage, besuchte immer wieder den Friedhof, bis er eine Frau traf, die sich am Russengrab zu schaffen machte. Erst harkte sie den Boden, lockerte die Erde, wischte die grünen Algen von den Namen der Toten. Danach holte sie aus einem Auto zwei Pappkartons voller weißer Stiefmütterchen, dreizehn Pflanzen, die sie so um den Stein setzte, dass jeder Tote eine Blume bekam.
Haben Sie einen Angehörigen unter den Toten?, fragte Marcus.
Die Frau schüttelte den Kopf.
Kommen Sie aus Russland?
Wieder nur Kopfschütteln.
Einer muss es doch tun, sagte sie schließlich. Früher hat mein Mann es getan. Der gehörte zum Reservistenverein der Bundeswehr, der sich um die Gräber kümmert. Nach dem Tod meines Mannes habe ich seine Arbeit übernommen.
Sie sagte es so, als werde es ihr mehr und mehr zur Last.
Was mag da vorgefallen sein?, fragte Marcus.
Es war eben Krieg, antwortete sie.
Aber nicht hier an der Nordsee, behauptete Marcus.
Die dreizehn sollen von der Tannenbergschlacht übrig geblieben sein, wusste die Frau. Sie kamen, um am Bahndamm und der Hochbrücke zu arbeiten. … Und zu sterben, fügte sie nach einer Pause hinzu.

Sie zeigte auf die Namen. Einige sind an Krankheiten gestorben, vielleicht auch an Verwundungen, die sie bei Tannenberg erlitten hatten. Drei sind vom Baugerüst an der Brücke gefallen und haben sich das Genick gebrochen.
Wie kamen sie auf diesen Friedhof?
Es gibt ein altes Zeitungsfoto aus dem Jahre 1916. Da stehen an die fünfzig Gefangene auf dem Hofplatz des Lagers. Vor ihnen ein Pferdewagen, beladen mit Särgen und Kränzen. Ein Geistlicher segnet die Toten. Danach zog der Wagen durch die Wiesen zu unserem Dorf, gefolgt von dem Trauerzug der Gefangenen. Unterwegs sangen sie. Einige hoben Gräber aus, die anderen sangen. Im ganzen Dorf hörten sie die tiefen Männerstimmen. Ja, die Russen können singen.
Wer hat das Andreaskreuz gestiftet?, wollte Marcus wissen.
Die Frau zuckte mit den Schultern und trieb den Spaten in die Erde.
Bekommen Sie für diese Arbeit bezahlt?
Sie blickte ihn entgeistert an. Wie kann man bei der Grabpflege über Geld sprechen? Ich tue es meinem Mann zum Gefallen. Der kam 45 als Flüchtlingskind in unser Dorf. Bevor die Familie in Ostpreußen auf die Flucht ging, erhielt sie die Nachricht vom Tod des Vaters bei den Kämpfen um Insterburg. Beerdigt auf einem Friedhof in Wehlau, stand in dem Papier.

Die Frau machte eine Pause und wischte mit einem Taschentuch übers Gesicht.
Mein Mann hat den Brief wieder und wieder gelesen. Er wäre gern hingefahren, um das Grab seines Vaters zu besuchen. Aber die Gegend hieß Sowjetunion und war für Reisende aus dem Westen unerreichbar. Einmal ging er über unseren Friedhof und entdeckte das Russengrab. Da stellte er sich das Grab seines Vaters vor, tausend Kilometer entfernt im Osten. Er dachte an einen Stein mit eingraviertem Namen und dem Todesdatum 20.1.1945, und stellte sich vor, dort gehe eine alte Frau regelmäßig zum Friedhof, um am Grab seines Vaters Blumen niederzulegen.
Glaubte er das wirklich?, fragte Marcus .
Es ist eher unwahrscheinlich, antwortete die Frau. Aber es ist ein schönes Bild, finden Sie nicht auch? Mit der Völkerverständigung muss man auf den Friedhöfen anfangen, sagte er immer. Für ihn waren alle Gefallenen gleich, ein Millionenheer, das namenlos durch die Geschichte zieht und sich fragt, wofür der Einzelne sterben musste. Als im Jahre 90 die Grenzen geöffnet wurden und er nach Insterburg und Wehlau hätte reisen können, ist er gestorben. Er hat die alte Frau, die am Grab seines Vaters Blumen niederlegte, nicht mehr gesehen. Seitdem kümmere ich mich um unser Russengrab. Einer muss es doch tun.
Die Frau ging zum Brunnen, um Wasser zu holen.

Hier liegen noch mehr!, rief sie. Engländer, Polen und Russen.
Sie zeigte zu einem Lebensbaumwäldchen am Rande des Friedhofs.
Und das sind unsere Flüchtlinge. Die sind aus dem Osten gekommen wie die russischen Gefangenen nach der Tannenbergschlacht. Auf ihren Steinen stehen Ortsnamen, die keiner mehr kennt.
Schließlich führte sie Marcus zu einem Grabstein für eine Familie, die zufällig auf Geburtstagsbesuch in Hamburg gewesen war, als die englischen Bomber kamen. Acht Dorfbewohner, darunter auch Kinder, verbrannten im Hamburger Feuer.
Allerhand geschehen auf so einem kleinen Dorffriedhof, wunderte sich Marcus.
Was interessiert Sie an der alten Geschichte?, fragte die Frau. Sie haben doch keinen Krieg erlebt.
Ja, was interessierten ihn die alten Kriege?
Ich war zwei Jahre Soldat bei der Bundeswehr, sagte Marcus. Seitdem fühle ich mich allen gefallenen Soldaten zugehörig. Sie tragen unsere gemeinsame Geschichte, wir können nicht genug daraus lernen.
Er sah zu, wie die Frau den Blumen Wasser gab. Dann begleitete sie ihn zum Glockenhaus, wo sie sich an der Stelle verabschiedeten, von der aus der Bahndamm und die Brücke gut zu sehen waren.
Die Brücke steht immer noch, sagte die Frau. Aber die Menschen, die sie bauten, sind alle tot. Der

Gedenkstein, an dem wir uns trafen, wurde schon in den 20er-Jahren auf den Friedhof gesetzt. Im Dritten Reich musste er entfernt werden. Unser Pastor ließ ihn im Geräteschuppen der Kirchengemeinde ablegen. Nach dem Zweiten Weltkrieg wurde er wieder auf den Friedhof gebracht. So wunderlich kann es mit Steinen zugehen.
Das war der Augenblick, als die Glocken zu läuten begannen. Sie läuteten und läuteten und konnten nicht aufhören.
Schon wieder eine Beerdigung, sagte die Frau.

Ein Mythos

Als die Sieger des Zweiten Weltkrieges 1947 den Staat Preußen auslöschten, den sie für den Urheber allen militärischen Unheils im 20. Jahrhundert hielten, legten sie den Grundstein für ein geistiges Weiterbestehen Preußens, für den preußischen Mythos. Denn alles Verlorene, Abwesende, Verbotene wird idealisiert, vor allem dann, wenn die Verurteilung als ungerecht empfunden wird. Lange Zeit war es verpönt, über Preußen zu reden. Ließ es sich nicht umgehen, wurden seine unangenehmen Seiten hervorgehoben: der preußische Militarismus, der Kadavergehorsam, die ausgeprägte Ordnungsliebe. Preußische Tugenden wurden als Sekundärtugenden abgewertet.

In Wahrheit war Preußen aufklärerisch, nicht nationalistisch, sondern monarchistisch gesonnen, es gewährte Religionsfreiheit, war fremdenfreundlich und nahm über die Jahrhunderte hinweg zahllose Religionsflüchtlinge Europas auf, die aus religiösen Gründen eine neue Heimat suchen mussten. Im preußischen Geiste wäre Auschwitz nicht möglich gewesen.

Auch die Literatur trug zum preußischen Mythos

bei. In der Literatur über Preußen und der Literatur, die von Preußen ausging, gab es, um mit dem preußischen Autor Fontane und seinem nicht weniger preußischen Nachfahren Grass zu sprechen, »ein weites Feld«. Wer besaß schon einen König, der zugleich Philosoph und Literat war? Und einen Philosophen, der zeitlebens seine preußische Geburtsstadt Königsberg nicht verließ und doch mit seinem kategorischen Imperativ weltumspannend wirkte? Der bedeutendste preußische Dramatiker Heinrich von Kleist war Offizier des Garderegiments in Potsdam. Auch jener preußische Junker, der das deutsche Kaiserreich schuf und neben seinen politischen und staatsmännischen Leistungen ein beachtlicher Literat war, gehört in diese Reihe.

Es gibt keine preußische Literatur in dem Sinne, dass hier eine Literaturgattung geschaffen wurde, die etwas Unverwechselbares, Preußisches an sich hätte. Preußen artikulierte sich lange Zeit in unterschiedlichen Sprachen, in Polnisch, Deutsch, Litauisch und vor allem Französisch. Die besten Texte Friedrichs II. wurden in Französisch geschrieben, sein Deutsch entsprach nach eigenem Bekunden dem eines Pferdekutschers. Wir können also nicht über preußische Literatur als solche sprechen, sondern nur über eine Literatur, die in Preußen möglich war und von Preußen ausging, über Herder, Hamann, Kant, Simon Dach, Sudermann,

Fontane, Hauptmann und Heinrich von Kleist. Es ist erstaunlich, was dieses arme, wirtschaftlich rückständige, oft am Hungertuch nagende Preußen, das wiederholt von der Pest und von Kriegen verwüstet wurde, das unter seinem Dach Polnisch, Litauisch, Französisch und Deutsch sprechende Bürger vereinte und nach ihrer Fasson selig werden ließ, was dieses Preußen literarisch hervorgebracht hat. Die unterschiedlichsten Kultureinflüsse, die aus Preußen einen Schmelztiegel machten, ermöglichten diese Literatur.

Und nun Ostpreußen, ein Teil des Staates Preußen, keine Region am Rande, sondern mit Königsberg ein geistiger Mittelpunkt, das Verbindungsstück zwischen Mittel- und Osteuropa, das von der Postkutsche Berlin-Königsberg-St. Petersburg durchquert wurde. Ostpreußen zeigte eine grenzüberschreitende Liberalität und Weltoffenheit, vereinigte die Polnisch sprechenden Masuren, die Litauisch sprechenden Bewohner Nordostpreußens als gleichberechtigte Bürger neben den Deutschen unter einem Dach. Als Europa von religiösen und nationalen Unduldsamkeiten heimgesucht wurde, blieb Ostpreußen ein Leuchtturm der Toleranz. Seine Bewohner waren schon Europäer, als die Idee von Europa noch nicht geboren war. Erst die Neuzeit mit ihren nationalistischen Auswüchsen machte dieser Offenheit ein Ende.

Die Provinz Ostpreußen ist ein Mythos im Mythos

Preußen geworden, ein Märchen mit wahrem Kern, umgeben mit viel schmückendem Beiwerk. Mythen brauchen das Zauberhafte, Geheimnisvolle, das Unwirkliche. Der Herr, der über das Wasser ging, ist der große Mythos unserer Religion. Andere Mythen ranken sich um Heldentaten, so das Sterben der Spartaner am Thermopylenpass. Kriegerische Mythen werden gepflegt, um den Glauben an unerhörte Leistungen wachzuhalten, so der Mythos der Unbesiegbarkeit Napoleons. In Deutschland entstand im Ersten Weltkrieg ein Hindenburgmythos, Frankreich pflegte den Jeanne-d'Arc-Mythos.

Neben diesen Mythen, denen meistens ein unerhörtes Ereignis zugrunde liegt, das weiter gepflegt und verklärt wurde, gibt es Mythen, die ohne spektakulären Anstoß langsam aus sich heraus wachsen. Kleine Tröpfchen verdichten sich zu einer Wolke und schweben über dem Wasser. Von dieser Art ist der Mythos Ostpreußen. Niemand hat ihn erfunden, bewusst gepflegt und erhöht. Er hat sich allmählich gebildet, weil viele Menschen sich mit dem Land beschäftigten, sich daran erinnerten, darüber schrieben und sprachen.

Sind es die landschaftlichen Besonderheiten oder die Baudenkmäler, die den Mythos entstehen ließen? Die größte Burg des Ostens, an der Nogat gelegen, hat durchaus einen mythischen Charakter, weniger ihrer wuchtigen roten Ziegel wegen, sondern des Geistes, der in ihr nachhallt. Von hier trat das Christentum seinen Eroberungszug nach Osten an, keineswegs in christlicher Demut, sondern mit Feuer und Schwert wie alle Religionen, die auf Bekehrung aus sind.

Eine Wegstunde weiter treffen wir auf Frauenburg am Frischen Haff mit einem mächtigen Dom oben am Berg. In ihm wurde das kopernikanische Weltbild erschaffen und der Hochmut der Menschen, die sich für den Mittelpunkt des Universums hielten, auf den Kopf gestellt. Es sind nicht die alten Ziegel des Domes, sondern es ist der aufklärerische Geist, der das kopernikanische Frauenburg zum Mythos werden ließ.

Unterhalb des Domes liegt das Frische Haff, meistens unaufgeregt und still. Wer dabei gewesen ist, als dieses Gewässer im eisigen Zustand von Pferdewagen und fliehenden Menschen überquert wurde, wird die Flucht über das Eis auch dem ostpreußischen Mythos zurechnen. Hier geschah etwas Einmaliges, vergleichbar dem Zug der Israeliten durchs Rote Meer.

Warum werden die masurischen Seen besungen? Sie sind nicht anders als die Seen Mecklenburgs, Pommerns oder der Kaschubei, aber schwärmerische Erzählungen haben einen Nimbus entstehen lassen, der sie zu einem touristischen Anziehungspunkt werden ließ. Es ist das Verschwiegene, die Menschenferne, die die tausend Seen so einmalig erscheinen lassen. Wie vergessen liegen sie in Wiesen und Feldern, nur Fischer wagen es, sie zu stören. Ein Reiher erhebt sich, Schwäne brechen durchs Schilf, unsichtbar schnattern Enten. Wer zu den masurischen Seen reist, ist immer allein und muss viel Zeit mitbringen.

Kaum eine Stadt ohne eine Burg mit altem Mauerwerk, bewohnt von Dohlen und Fledermäusen. Es sind Trutzburgen, die zu Ordenszeiten zum Schutz vor den heidnischen Pruzzen errichtet wurden. Wie durch ein Wunder überstanden die meisten die folgenden Kriege. Sie verkörpern Angriff und Abwehr, die ewige Unruhe eines Grenzlandes. Dazu gehört die merkwürdige Burg, die aus Beton und Felsen in den Wald bei Rastenburg gebaut wurde von einem, der auch den Osten erobern wollte. Nun liegen da die Trümmer des Eroberers, Fremdkörper in einer verlassenen Landschaft, und verkörpern den unheilvollen Mythos des Tausendjährigen Reiches. Der böse Geist ist längst entflohen, aber den Besuchern, die die Bunkerstraße abwandern, läuft immer noch ein Schauer über den Rücken.

Eine Grenze wie mit dem Lineal gezogen zerschneidet ein Land, das einmal die Kornkammer Deutschlands gewesen ist. Nördlich der Grenze wachsen auf der fruchtbaren Erde wilde Kräuter und Disteln; die stolzen Bauern, »die hinter Pferd und Pflug schreiten«, kommen nur noch im Lied vor. Der Vogelzug geht nach wie vor über das Land, und die Störche haben es nicht aufgegeben, heimzukehren. Sie sind ein Teil des ostpreußischen Mythos, ihr Klappern, ihr Kommen und Gehen hatte symbolische Bedeutung. Sie begleiten die Menschen bei der Arbeit, sie folgen dem Schnitter auf der Wiese, schreiten hinter den Erntewagen, inspizieren die Hocken auf den Feldern und betrachten vom Dachfirst aus das Leben auf den Höfen. Der Tag, an dem die Störche aus dem Süden zurückkehrten, wurde als Fest begangen, die Kinder sangen Storchenlieder und bekamen danach schulfrei. Nicht nur, dass die Störche für den Kindersegen verantwortlich waren, sie galten auch als Wächter der Höfe. Während der Kriegshandlungen 1914 wurden zahlreiche Gehöfte niedergebrannt, und immer musste auch der Verlust von Storchennestern beklagt werden. Die Störche brauchten es nicht mit anzusehen, weil sie schon in den Süden aufgebrochen waren, aber sie kehrten im nächsten Frühling nicht zurück. Während des Ersten Weltkrieges verminderte sich die Storchenpopulation Ostpreußens um die Hälfte. Die Störche schätzen die Nähe des Menschen. Finden sie bei der Rückkehr ihr Gehöft verlassen oder niedergebrannt vor, fliegen sie weiter zu bewohnteren Gegenden. Im Zweiten Weltkrieg wiederholte sich das Storchendrama. In den verlassenen Dörfern Ostpreußens gab es 1945 kaum Störche. Wegen seines schwarz-weißen Gefieders wurde der Storch als »preußischer Vogel« verfolgt. Im Sommer 1945 sah ich im menschenleeren Ostpreußen Störche, die an Scheunentore genagelt waren, eine Strafe für ihre preußischen Farben.

Ähnlich war das Verhältnis zu den Pferden. Gegenüber den anderen Haustieren wie Kühen und Hunden hatten sie eine überhöhte Bedeutung, was nicht nur für die »edlen« Pferde wie die Trakehner galt. Schwankende Erntefuder, Pferde vor der Kutsche, Pferde vor dem Schlitten, Pferde in der Schwemme, das sind die nachwirkenden Gemälde des ostpreußischen Mythos. Ohne Sattel, ohne Steigbügel aufs Pferd zu klettern, war für einen kleinen Jungen die erste große Lebensübung. In der Endphase des Zweiten Weltkrieges wurden die Pferde zu unentbehrlichen Helfern, ohne sie wäre vielen die Flucht nach Westen nicht gelungen. Nicht zu vergessen die Dramen am Straßenrand, wenn die Fliehenden ihre Pferde im Stich lassen mussten, weil die Flucht nur zu Fuß oder per Schiff weitergehen konnte. Um die Pferde sind damals viele Tränen vergossen worden.

Wenig Auffälliges zeigen die Flüsse. Sie gehen zum Meer wie alle Ströme. Nur die Alle fließt von Süd nach Nord, um dort in den Pregel zu münden, der westwärts dem Meer zustrebt. Lautlos sind die Bäche, die von einem See zum anderen fließen und sich im Unterholz verlieren. Lärmende Stromschnellen und rauschende Wasserfälle sucht man vergebens. Ein kleiner flacher Fluss im Masurischen hat es zu besonderem Ruhm gebracht: die Krutinna. Jahr für Jahr besuchen Tausende dieses stille Wasser.

Es gibt mehrere Städte in der Welt, die sich Königsberg nennen, die größte ist das kanadische Montreal. Königsberg in Preußen hatte sieben Tore, einen Dom, ein Schloss und mehrere Kirchen. Es besaß nie den Ehrgeiz zur Größe, Superlative hatte die Stadt nicht nötig. In zwei Bombennächten im August 1944 wurde sie zerstört; seelenlose, kahle Flächen blieben zurück. »Nur eine hohe Säule zeugt von verschwundener Pracht, auch diese schon geborsten, kann stürzen über Nacht«. Dieser Uhlandvers traf auf Königsberg in besonderer Weise zu. Die alten Königsberger, die vor 1945 dort geboren wurden und ab 1990 zu Besuch kommen durften, irrten umher und konnten den Geist ihrer Stadt nicht wiederfinden. Die Zerstörung war so gründlich, dass die russische Filmindustrie die Trümmerlandschaft als Kulisse für Kriegsfilme verwenden konnte.

Für die neuen Bewohner begann die Zeitrechnung im Jahre 1945. Erst im 21. Jahrhundert begann eine Rückbesinnung auf die alte Geschichte. In den Museen werden die gefundenen Überreste des alten Königsberg ausgestellt, die alte Bausubstanz wird gepflegt, der Dom ist wieder Mittelpunkt der

Stadt, und die vergangenen Künstler und Geistesgrößen werden beachtet. Die Trennung zwischen 70 Jahren Neuzeit und 700 Jahren Stadtgeschichte verblasst mehr und mehr.

Weiter im Nordwesten an der Samlandküste wird der Bernstein, den die Gletscher der Eiszeit vergraben haben, im Tagebau ans Licht befördert. Das ist die Welt der Strandsammler und Bernsteinfischer. Zum Ende des Zweiten Weltkrieges wurden die Schmuckstücke mit dem Blut Tausender Frauen besudelt, die hier starben und ins Meer geworfen wurden. Das Massaker von Palmnicken ist nicht von der Opferzahl, aber in der Ausführung ein unerhörter Vorgang. Lange weigerten sich die Ostpreußen, mit dieser Ungeheuerlichkeit ihr Land zu beschmutzen, inzwischen gehören die »Frauen von Palmnicken« auch zum ostpreußischen Mythos.

Vor dem Sandstreifen, der sich auf hundert Kilometer Länge zwischen Ostsee und Haff als Kurische Nehrung erstreckt, gilt es, den Atem anzuhalten. Links die See, rechts das Haff und in der Mitte weiter nichts als Sand. Die wenigen Fischerdörfer blieben, wie sie immer waren, einige gingen im wehenden Sand unter. Die Kurische Nehrung hat wesentlich zum Mythos Ostpreußen beigetragen. Wer sie abgewandert hat, spürt bis zum Ende seiner Tage den Sand der Nehrung an seinen Füßen.

Am Ende dieses Sandstreifens befindet sich die

Stadt Memel, deren Name abgeleitet ist von dem Fluss Memel, der weiter südlich mit mehreren Deltaarmen ins Kurische Haff mündet. Nachdem die Stadt den Namen Klaipėda angenommen hat, ist die Namensgleichheit aus der Welt. Nur die Alten singen noch von ihrem Memel, aber nicht mehr »von der Maas bis an die Memel«.

Eine gute Stunde memelaufwärts liegt Tilsit. Hier bauten sie der Königin Luise eine Brücke und erfanden den Tilsiter Käse. Für Napoleon und Zar Alexander, die ein paar Wochen in dieser Stadt weilten, gibt es keine Brücken. Hinter Tilsit verliert sich das Land im flachen, endlosen Osten. Nur ein bemerkenswerter Name fällt noch auf: Tauroggen. Dort schied Preußen aus dem Bündnis mit Napoleon und stellte sich auf die Seite Russlands, für die einen Verrat, für die anderen eine Befreiung. Die Poscherun'sche Mühle bei Tauroggen hatte für die Mythenbildung den gleichen Stellenwert wie die Mühle von Sanssouci in Potsdam. Russland wollte Ostpreußen nach dem Sieg über Napoleon ins russische Reich eingliedern, um mit Königsberg einen eisfreien Hafen zu erhalten. Der Wechsel der Fronten nach der Konvention von Tauroggen verhinderte die Annexion. 130 Jahre später zog ein zweiter Napoleon gen Moskau. Dieses Abenteuer führte zum endgültigen Verlust der Provinz.

Eine gewisse Beschaulichkeit der Menschen trug wesentlich zum ostpreußischen Mythos bei. Wie sie lebten, wie sie sprachen, wie sie emotional an ihrem Land hingen, war schon bemerkenswert. Den Bewohnern selbst wurde diese Besonderheit nicht bewusst. Sie lebten wie die Fische im Wasser und spürten erst den Verlust, als sie 1945 auf dem Trockenen lagen.

Es waren nicht gerade fromme Leute. Dafür blühte in Ostpreußen, teils aus pruzzischer Überlieferung, der Aberglaube. Die pruzzischen Geister rumorten an stürmischen Tagen in den Bäumen. Der »Wilde Ritter«, eine Anspielung auf die Ritter des Ordens, brauste in den »Zwölften« durch die Lüfte. Im Park rief das Käuzchen seine Totenklage, der Wassermann platschte durch den See, der Unk gab seine klagenden Laute von sich, die Kornmuhme raschelte im Ährenfeld, die Weiden am Feldweg bekamen menschliche Gesichter.

Und schließlich die Sprache. Der im Polnischen verbreitete Diminutiv wurde im Ostpreußischen heimisch und machte die Sprache wärmer, gefühlvoller. So entstanden Jungchen und Marjellchen. Selbst unflätige Ausdrücke klangen in der Verniedlichungsform erträglich. Die als Rückständigkeit beschriebene Behäbigkeit der Sprache (erst denken, dann reden) wurde zum Markenzeichen. Das schnelle Plappern der Berliner und Rheinländer empfanden die Ostpreußen immer als oberflächlich, sie konnten stundenlang schweigen. 1945 kamen sie mit dieser Sprache in den

Westen, wurden dort Pollak gerufen, als rückständig verachtet und durch die Umstände gezwungen, ihren Dialekt abzulegen und »richtiges Deutsch« zu lernen. Heute trauern wir dieser Sprache nach und lauschen den Menschen, die sie noch sprechen können.

Es sind spektakuläre Ereignisse der Weltgeschichte, die dem Land eine Aura der Besonderheit gegeben haben, die Tannenbergschlacht von 1410 und die Tannenbergschlacht von 1914. Napoleon lieferte in Ostpreußen zwei Schlachten, eine um Preußisch-Eylau, die andere bei Friedland. Er erschien in pompöser Aufmachung in Tilsit, um einen Frieden zu schließen, demütigte den preußischen König und, was noch schwerer wog, die Königin Luise. Der Memelstrom, die Stadt Tilsit und die bedauernswerte Königin wurden zu ostpreußischen Ikonen. Die Erhebung Preußens gegen Napoleon, die 1813 in Ostpreußen begann und dort ihren Höhepunkt erreichte, wurde auch Teil des ostpreußischen Mythos. Im 20. Jahrhundert trugen weitere spektakuläre Ereignisse zur Entstehung eines Ostpreußenmythos bei. Als die Zarenarmee 1914 mehr als die Hälfte der Provinz besetzte, nahm ganz Deutschland Anteil an dem Schicksal Ostpreußens. Ostpreußen war die einzige Region Deutschlands, in der im Ersten Weltkrieg Schlachten geschlagen wurden. Mehr als 33 000 Gebäude wurden zerstört. Über die »Ostpreußenhilfe« flossen Spenden zum Aufbau der verwüsteten Städte und Dörfer, über sechzig Patenschaften mit Städten und Kreisen im Reich kamen zustande. Die Stadt Kassel beging 2015 den 100. Geburtstag ihrer Patenschaft mit Stallupönen in Ostpreußen. Selbst deutschstämmige Bürger der USA spendeten damals für Ostpreußen. Mit dem Wiederaufbau sollten Macht und Stärke Deutschlands demonstriert werden. Die Provinz wurde propagandistisch erhöht.

Nach der Tannenbergschlacht baute sich ein Hindenburgmythos auf, der wesentlich dazu beitrug, dass Hindenburg später in freien Wahlen zum Reichspräsidenten gewählt wurde. Der Hindenburgmythos wurde Teil des Ostpreußenmythos, verbunden mit dem Gefühl einer dauernden Gefährdung aus dem Osten.

Auch die Niederlage 1918 und die Abspaltung der Provinz vom Reich verstärkten die Besonderheit Ostpreußens. Die Abstimmungen in den südlichen Kreisen, die 1920 mit großer Mehrheit einen Verbleib bei Deutschland ergaben, festigten diesen Status. Die Insellage nach dem Ersten Weltkrieg gab Ostpreußen ein exotisches Flair, wie einst Deutsch-Südwest in Afrika. Scherzhaft sprach man von der letzten Station vor Sibirien. Die »Reichsdeutschen« bemühten sich, Kontakt zu halten, man reiste in die exotische Idylle Ostpreußens.

Ein wahrer Inselkomplex erfasste die östliche

Provinz. Staatsdiener und Soldaten, die nach Ostpreußen versetzt wurden, empfanden das als Strafe; nach zwei Jahren »Bestrafung« wollten sie nicht mehr fort. In den 20er- und 30er-Jahren besuchten zahlreiche Jugendgruppen aus dem »Reich« die Insel Ostpreußen und pflegten nach ihrer Rückkehr ihren schwärmerischen Mythos.

Millionen Soldaten erlebten in der Provinz, als sie sich im Frühling 1941 in Ostpreußen zum Angriff auf Russland sammelten, die letzten friedlichen Tage, bevor das Grauen seinen Anfang nahm. Und Soldaten, die von der Front nach Deutschland in Urlaub fuhren, empfanden Ostpreußen als ersten Schritt in die zivilisierte Welt. Auch das Hauptquartier im masurischen Wald und das Attentat vom 20. Juli brachten die Provinz in die Schlagzeilen, nicht zuletzt ihr Ende im Jahr 45, das in Ostpreußen grausamer empfunden wurde als anderswo. Keine andere deutsche Provinz hat bei Kriegsende einen solchen Blutzoll entrichtet wie Ostpreußen. Was die Überlebenden von Königsberg ertragen mussten, bevor sie im Jahre 1948 nach Deutschland geschickt wurden, ist unvergleichlich. Danach versank die nördliche Hälfte der Provinz in beispielloser Dunkelheit und tauchte erst nach der Wende 1990 wieder auf. Auch diese fast ein halbes Jahrhundert währende »Unsichtbarkeit« der Provinz hat zum Entstehen des Ostpreußenmythos beigetragen. Ob die neuen Bewoh-

ner einen eigenen Ostpreußenmythos entwickeln können, bleibt für den nördlichen Teil der Provinz fraglich. Immerhin ist Kant einer der ihren. Im südlichen Ostpreußen beginnen sie, Ostpreußens Geschichte als Teil der eigenen Geschichte zu empfinden; frühere und jetzige Bewohner sind nicht mehr Fremde, die 1945 in den Westen Geflohenen werden als nahe Verwandte gesehen.
Nach 1945 war es lange verpönt, die verlorene Provinz beim Namen zu nennen; von Ostpreußen zu sprechen, galt als revanchistisch. Statt Ostpreußen benutzte man den unverfänglicheren Namen Masuren. Dieses Beschweigen hat allerdings zur weiteren Verklärung des Landes wesentlich beigetragen und das Entstehen eines Ostpreußenmythos begünstigt. Es blieben genug Interpreten, die sich nach 1945 nicht scheuten, die alten Namen auszusprechen, ohne damit einem Revanchismus Vorschub zu leisten. Thomas Manns »Italienblick«, die Malerkolonie in Nidden, Herman Sudermanns »Reise nach Tilsit« blieben Gedenksteine der Erinnerung. Heute wagen es auch die »fortschrittlichen« Kräfte, den Namen Ostpreußen wieder in den Mund zu nehmen. Nicht zuletzt die Dichter haben mit ihrer Verklärung des Landes »der dunklen Wälder« den Mythos Ostpreußen befördert. Er schwebt über dem Wasser und wird auch nicht untergehen, wenn die Generation vergangen ist, die dort gelebt hat.

Bilder auf Vor- und Nachsatz

1) Dünen auf der Kurischen Nehrung
2) Kurenkahn auf dem Haff
3) Kantdenkmal in Königsberg
4) Kloster Heiligelinde bei Rößel
5) Eichenallee bei Barten
6) Schloß Jäglack (Jokehnen), Kreis Rastenburg
7) Masurische Seenlandschaft zwischen Angerburg und Lötzen
8) Die Nachbildung der Plastik von Reinhold Kuebart (1879-1937) wurde durch die Initiative von Hagen Mörig in einer Gießerei in Kaliningrad, von Andrej Nikolajewitsch Schewzow angefertigt, und steht seit dem 29.09.2013 wieder auf dem Sockel vor dem Landstallmeisterhaus in Trakehnen.

Bildnachweis
alle Abbildungen: Arno Surminski, außer Kantdenkmal: picture alliance/ Rainer Hackenberg; Groß Trakehnen: Bildarchiv Ostpreußen/Petra Greßus

5

6